太陽を掘り起こせ

ドリアン助川

ポプラ社

太陽を掘り起こせ

装画　福田利之

装丁　緒方修一

1

ある日、太陽が消えた。

終わらない夜が世界を包み、一日の区切りがつかなくなった。すべての街で人々は混乱に陥った。

徳丸芳枝《とくまるよしえ》は自宅二階の窓辺に立ち、暗い影に溶けて外を眺めていた。

私たちは滅ぶのだろうか。

これはその始まりなのだろうか？

芳枝はこのところ、寝室からほとんど出なかった。一階で経営していたカフェは閉じた。扉の呼び鈴が鳴っても降りていかなかった。

ひょっとしたら、今起きていることは自分とも関係があるのかもしれないと芳枝は考えた。太陽が消える前に、芳枝の心からはすでに光が失われていたからだ。

芳枝は、一人息子を失った。

ひと月ほど前のことだ。四十歳の誕生日を迎えて数日というところで、息子はいきなり逝った。健やかに生きて欲しいという願いをこめ、健太郎《けんたろう》と名づけた息子だった。

幼い頃は病弱だったが、健太郎はやがて活発な少年になった。父親を早くに亡くしたものの、笑みの絶えない青年になった。だが、この家を離れ、大企業に就職してから人が変わった。酒が抜けなくなった。たまに芳枝と電話で話すと、不機嫌な声で心身の不調を訴えるようになった。そして突然に逝った。

芳枝は、横たわった健太郎の冷たい手を握り、棺《ひつぎ》すらも抱いて泣いた。「働き過ぎだったのです」と、息子と暮らしていた女は三度言った。ただ、過労から永遠に解放されたせいか、棺のなかの健太郎は、取り憑《つ》いていたものが離れたかのような、ある種の安穏を感じさせる表情にも見えた。

息子を荼毘《だび》に付してから、芳枝は寝室でじっとしていた。ベッドで丸くなり、壁にかけた写真を黙って見ていた。幼い頃の息子が写ったものだ。芳枝はもう、皿を並べての食事はしなくなった。掃除もせず、洗濯もしなかった。だれの声も聞きたくなく、携帯電話の電源をオフにした。自分に関係するなにもかもが動きを止めたように思えた。

唯一止まらなかったのは、目からあふれ出るものだった。水はシーツを濡らし、ベッドからこぼれ、部屋に溜まり、たゆたう海となった。芳枝はうねりに飲まれ、沈んだり浮かんだりしていた。カーテンを閉め切った部屋で、一人漂流を続けた。自分をどこかに連れ去ろうとしているこの暗い海原に、早く飲みこまれてしまいたいと思った。

足音がする。夜が去らない街をだれかが駆けていく。車のクラクションが運転手の苛立ちを伝える。遠くでは、緊急車両がサイレンの音を借りて泣いていた。

芳枝は一階のフロアに降り、明かりをつけた。無用となったテーブルと椅子が室温よりも冷たく感じられた。

芳枝は髪をゴムで結わうと、カップに粉末の緑茶を入れ、湯を注いだ。厨房《ちゅうぼう》の冷蔵庫をあけ、硬くなった焼き菓子を取りだした。店を閉じる前、客に出していたクルミ入りのクッキーだ。消費期限はとうに過ぎていたが、指でいくつかに割り、口に運んだ。

夜が去らない世界の片隅で、朝だか昼だかわからない食事を芳枝は済ませた。もうすこしなにかを食べるべきだとも思ったが、体が受けつけなかった。冷蔵庫には金柑《きんかん》のシロップ漬けが入っていた。せめて、あの黄金色の果実を一粒、口に入れてみようか。芳枝がそう考えたとき、だれかが扉をノックした。

芳枝は驚き、片手で胸を押さえた。店じまいを知らせる紙は扉に貼りつけてある。閉店の理由を尋ねようとしての行為だろうか。常連客であったとしても、今は会いたくないと芳枝は思った。

木製の扉は叩かれ続けた。フロアの明かりは窓辺から漏れている。芳枝はあきらめて扉の前に立った。

「どちら様ですか？　店はもうクローズしたのですけれど」

すこし間があって、扉は再び叩かれた。訪問者が扉の低いところをノックしていることに芳枝は気がついた。続けて、「あの……」と聞こえた。大人の声ではなかった。

相手がだれなのかを考えることもなく、芳枝の指は鍵をあけていた。扉を押し開くと、暗がりに子どもが立っていた。前髪をまっすぐに切り揃えた七、八歳くらいの男の子だった。

「あの……」

青いシャツを着た男の子は照れたように一度下を向き、瞬きをしながら顔を上げた。

「おみせ、やってますか？」

「え？」

芳枝は腰をかがめた。

「ぼく、のどがかわいちゃったので」

男の子は爪先立ちになり、フロアを覗《のぞ》きこもうとして瞬きを繰り返した。子どもの目だけに宿る星の粉が降った。芳枝の息がわずかに止まった。男の子の顔に、幼かった頃の息子の表情が重なったからだ。虫とりの網を抱えてやぶに入っていくときなど、健太郎も同じように目を輝かせたものだった。

「ごめんね。お店はやってないのよ」

男の子の口が半分あいた。芳枝の顔をじっと見る。

「でも、のどが渇いているなら、なにか作ってあげようか」

どうしてこの子は一人なのだろう。遅れて大人がやってくるのだろうか。

事情を聞いてみるべきだとは思ったが、芳枝はなにも言わず男の子をフロアに通した。

「飲み物はなにがいいのかな?」

芳枝が椅子を引いてやると、男の子は無言で座った。

「ジュースにする?」

男の子がうなずいた。だが、冷蔵庫をあけた芳枝は、「あら」と声を漏らした。オレンジやリンゴのジュースはパックの封をあけたままで、もうずいぶんと日がたっていた。焼き菓子なら食べさせても問題なさそうだが、ジュースは無理だ。安心して出せるのは金柑のシロップ漬けくらいだろうか。

芳枝は取り出した密閉瓶からスプーンでシロップをすくい、グラスに移した。金柑の実も二つ入れた。冷水を注ぎ、よく混ぜて男の子の前に差し出した。

「これ、なんですか？」

男の子はグラスに顔を近づけ、なかの果実を指さした。

「金柑よ」

「きんかん？」

「小さなみかんね」

「なんか……にじみたいになっている」

シロップが溶ける際に現れる陽炎のような模様を見つけたのだろう。男の子は金柑のシロップ水に口をつけた。ごくっ、ごくっ、とのどを鳴らして飲む。

「ああ、おいしかった」

男の子の唇の端から水滴が伝い落ちた。

「これ、たべてもいいの？」

「もちろんよ」

グラスを持ち上げ、男の子が金柑を口のなかに転がした。二度、三度頬張り、「うわ」

と声をあげた。

「あまいけどにがい。でも、あまい。でも、にがい」

芳枝はシロップと水をグラスに再び足してやった。そのときふと、自分が久しぶりに微笑んでいることに気がついた。

「あなた、どうして、ここに来たの？」

なにか事情がある子どもなのだろう。刺激してはいけない。でも、聞かないわけにもいかない。男の子は二杯目のシロップ水も半分ほど飲み、手の甲で口をぬぐった。

「あの……ぼく、あるいてきたんです」

「どこから？」

男の子は首を傾げ、視線をテーブルに落とした。すこし遅れて、「わかりません」と小声で答えた。うそをついているようには見えなかった。

「どのくらい、歩いてきたの？」

「ずっと」

「いつから？」

男の子は顔を上げ、黒水晶のような瞳で芳枝の顔をまっすぐに見た。

「たいようが、きえてから」

芳枝の目が丸くなった。すこし遅れて、「太陽が、消えてから？」と聞き返した。まるで自分に問いかけるような言い方で、こう続けた。

「太陽、いつ消えたんだっけ？」

男の子はグラスから手を離し、頰にあてがった。

「きがついたら、きえていたでしょ」

すこし間を置いて、芳枝は曖昧なうなずき方をした。たしかに、気がついたら太陽は消えていた。でも、消えた瞬間を知っているわけではなかった。おそらく、だれにとってもの「ある朝」、太陽は消えていたのだ。わかることはそれだけだった。芳枝は飲みかけの緑茶に口をつけた。シロップ水の透明な陽炎がフロア全体に広がり、自分がそこに巻きこまれていくような気分になった。

「あなた、お父さんとお母さんはどうしていらっしゃるの？　今頃、とても心配していると思うよ」

男の子は首を横に振った。

「お父さんもお母さんも、いません」

「え？」

「もう、いない」

男の子は唇を突き出した。

「じゃあ、あなたのお名前は？」

男の子が黙りこんだ。

「名前くらい、言えるよね」

ゆっくりと首を横に振った。

「なまえ、あったかもしれないけれど、わかりません」

芳枝は額に手を当てた。男の子は決してふざけているようには見えなかった。だからいっそうわけがわからなくなった。この子はどこから、なんのためにここにやってきたのか？

「あの……川はどこ？」

ふいに男の子が尋ねた。

「川って？」

「このちかくに川がありませんか？」

「駅の向こうまで行けば、川が流れているけれど」

「ぼく、川に行きたいんです。もうすこしお水をもらってもいい？」

「いいけど。どうして？」

「たいようをさがしに行くから」

男の子が微笑んだ。目を瞬かせた。再び星の粉が降った。

「探しにって、どこへ?」

「たいよう、川のむこうにしずむでしょ」

「そんなの、どこに住んでいるかによって変わるわよね。海の向こうに沈むところもあるでしょうし、森の向こうに……」

「しずむのは、川のむこうだよ」

男の子は「ぜったい」と付け加えた。芳枝は迷いながらも相槌を打ち、三杯目のシロップ水を作ってやった。


男の子をフロアで待たせ、芳枝は二階の寝室に戻った。仕入れ用に使っていたデイパックを貸してあげようと思ったのだ。男の子は手ぶらだった。なにも持っていなかった。日没と川を結びつけているのだから、おそらくは駅向こうの岸辺のそばに住んでいる子どもなのだろう。そう遠くはない。だが、なんといっても太陽が消えてしまった世界なのだ。どこもかしこも暗い。懐中電灯と飲み物くらいは持たせてやる必要がある。

芳枝はベッドの下を手探り、デイパックを取り出した。曲げた腰を意識的に伸ばすと、壁にかけた写真が目に入った。

フロアで待っている男の子とそう変わらない年齢、小学校二、三年生の頃の健太郎だ。捕虫網を構えて満面の笑みだ。柄が伸びるスライド式の網を買って与えると、「コウモリだってとれる」と、瞳の奥までの笑顔になった。こんなに純粋な表情は今後もうめったに見られないだろうと予感し、芳枝が慌てて撮った一枚だった。

健太郎の写真から、芳枝は目が離せなくなった。この頃の健太郎がもし一人で街をさまよっていたら、自分はどれだけ気をもむだろうと考えた。父親も母親もいないと男の子は言ったが、すくなくとも、だれか身内が世話をしているに違いない。川のあたりまで行けば、なにか手がかりが見つかるだろうか。

芳枝は壁の写真に近づき、指でそっと触れた。

「健ちゃん、ちょっと、出かけてくるね」

自分を励ますかのように一つうなずき、芳枝はデイパックを背負った。

2

そうそう、こうだった。

芳枝は暗い道を辿りながらも、男の子から目を離せなかった。横にいたかと思えば、いきなり駆けだす。路肩を歩けばいいのに、わざわざ側溝の縁に飛び乗り、バランスを取ろうとして左右に揺れてみせる。

こうだった、こうだった。我が息子もまっすぐに歩いたことはなかった。健太郎は一度ドブに落ちたこともあったな。

幼い頃の息子が戻ってきたような感覚にとらわれ、芳枝は胸が甘ずっぱくなった。同時に、手で顔を覆いたいような気分にもなった。

前を歩いていた男の子が振り向き、「ここ入ってもいい？」と公園を指さした。

「え？　急いでいるんだけどなあ」

一刻も早く川の方へ行き、この子の帰りを待ちわびているだれかを探さなければいけないと芳枝は思った。ところが男の子は芳枝の言葉を聞かず、円を描くように走って脇の公園へ入っていった。

公園には街灯が一つだけ点《とも》っていた。男の子が暗い方へ走りこんでいったので、芳枝は仕方なく街灯のそばのベンチに腰かけた。

目の前にはコンクリート製のオブジェがあった。今やペンキがはげ、ずんぐりむっくりとした形のみが残っている。これはパンダなのだ。幼かった健太郎とここに遊びに来たときは白と黒に塗り分けられていた。

芳枝の脳裏に、パンダにまたがって笑っていた健太郎の表情がよみがえった。ああ、と芳枝は頰に手をやった。息子はもういない。磨耗したオブジェだけがここにある。

「だれもいない」

公園をぐるりと回ってきたのか、息を弾ませて男の子が戻ってきた。芳枝の横に座り、

「ここ、にんきないね」とつぶやいた。

「そんなことないわよ。おばちゃんの子どもはこの公園、好きだったな」

へー、と男の子は体をのけぞらせた。

「おばちゃんの子どもって、いくつ?」

「うん……四十歳になったんだけど」

「よんじゅっさい! 子どもなのに」

芳枝は小さく笑い、しかしのどの奥が詰まったようになった。そこから先を言おうとすると声が震えそうだった。だが、敢えて踏み切った。

「お空に行っちゃったのよ」

「おそら?」

「遠いところに旅立ったの」

「へー、そうなの。それじゃ……」

男の子は事情を理解したようだった。暗がりに顔を向けたままなにも言わなくなった。

芳枝は男の子の肩にそっと手を置いた。薄っぺらく、小さな、子どもの肩だった。

「あのね……健やかに生きていって欲しいと思って、健太郎と名前をつけたの」

「けんたろう?」

「そう、健ちゃん。生まれるとき、大変だったのよ。生まれたこと自体が奇跡でね」

そこから先は男の子に話してもわかるはずがなかった。話すべきではないとも芳枝は思った。

「おばちゃんは、いくつなの？」

いきなり男の子が聞いてきたので、「まあ、失礼ね」と芳枝は返した。

「人に年齢を聞いたらいけないのよ。でも、教えてあげる。私は七十歳」

「ななじゅっさい！　へー、すごく生きましたね」

「はい。すごく生きました。で、あなたはおいくつなの？」

「人にねんれいをきいたらいけないんでしょ」

男の子が立ち上がり、オブジェに向かって走った。ポンと小気味よく跳び、足をかけてまたがった。

「あ、パンダに乗ったな」

「これ、パンダじゃないよ」

「じゃあ、なに？」

「カピバラ」

「あら、これ、パンダなのよ。昔は白と黒に塗り分けられていて」

「ちがうよ。カピバラだよ。せかいさいだいのネズミ」

「え？　カピバラ？」

「ねがいごとをかなえてくれる」

男の子はオブジェに抱きつき、小声でなにかぼそぼそとつぶやいた。「あ、いいな」と芳枝も立ち上がった。

「私も……そうね。健ちゃんにもう一度会えるようにって、お願いしよう」

男の子はオブジェから飛び降りた。芳枝は男の子が座っていた部分に手を置いた。コンクリートのひんやりとした感触があった。

「これ、本当にカピバラなの？」

「うん」

男の子が返事をした直後、街灯の明かりがいきなり消えた。あたりは真っ暗になった。家々の窓辺からも光が失われ、街そのものが闇の底に沈んだ。

「こわい」

男の子が芳枝のパーカーの裾を握った。

「停電かな……困ったね」

男の子にすがられたまま芳枝は体の向きを変え、光を失った街を舐《な》めるように見た。人の声や犬の吠え声が方々から聞こえてきた。

懐中電灯で路面を照らし、芳枝は駅へと向かった。男の子は付かず離れず、駆けたり止まったりを繰り返した。駅のまわりは群衆が囲んでいた。怒号が聞こえてくる。列車は走っていないようで、ロータリーには二台のパトカーが停まっていた。マイクを持った警官が人々に解散するよう命じていた。

みんな苛立っているようだった。警官にひどい言葉をぶつけている。こんなところで男の子とはぐれるわけにはいかない。「危ないから」と芳枝は手を差し出した。男の子は照れたように笑い、わざと距離を取った。

駅のゲートには黄色いテープが張られ、警官が並んでいた。通り抜けはできそうになかった。芳枝は「こっちにおいで」と男の子を急かし、外れの地下道へと向かった。

普段から暗く、湧き水で濡れている地下道だった。駅向こうへの近道だとわかっていたが、芳枝は普段ここを利用することを避けていた。しかし今はこの陰気な地下道を辿るほかなかった。

明かりを失った街のなかで、地下道の入り口はもはや底なしの穴のようだった。自らの心細さもあり、芳枝はもう一度男の子に手を差し伸べた。すると男の子はまた、すこし離れようとした。

「おばちゃん、ふられちゃったのね。悲しいなあ」

口ではおどけたものの、芳枝の胸のなかで苦い泡が弾けた。幼い頃の健太郎だったら、素直に手を握り返してくれたと思う。やはりこの子は他人の子なのだ。触れ合うには相当なエネルギーがいる。とはいえ、ここでこの子を放り出すわけにもいかない。芳枝は地下道を懐中電灯で照らし、足早に歩き始めた。男の子はすぐ後ろからついてくる。

「あの、きんかんって、みかんなの？」

なぜ今、それを聞くの？　と思ったが、黙っているのも疲れそうなので、芳枝は応答した。

「みかんではないのよ。柑橘類《かんきつ》といって、みかんの仲間のグループがあるの。金柑はその一つ」

「かんきつるい？」

「そう。みかん、オレンジ、レモン、はっさく。みんないい香りがするわよね」

「あと、みんな、あかるい色だ」

「そうね」

地下道には他にだれもいなかった。懐中電灯の光がゆらゆら揺れ、芳枝と男の子の声が反響した。

「どうしてみんな、あかるい色なのかな」

「さあ、なぜかなあ……」

声を引っ張りながら、芳枝は金柑の畑を訪れたときのことを思い出した。果実のシロップ漬けを店の看板にしようと考えたことがあり、農園を訪ねたのだ。普及型の「寧波《にんぽう》」と呼ばれる金柑の木が、陽当たりの良い斜面を覆っていた。

「たしかにみかんの仲間って、みんな明るい色よね。金柑の木はね、大人の背丈よりちょっと高いくらいかな。そこにね、数え切れないくらい、お星様みたいにたくさんの金柑の実がなるのよ」

「見たことあるの?」

「あるのよ。太陽の光を浴びて、金柑の実も葉っぱもきらきら光っていた」

「うれしそうに?」

「そう。うれしそうに。あ、だから明るい色をしているのかな」

男の子は芳枝の前を歩きだした。懐中電灯の光のなかでくるりと回ってみせた。

「じゃあ……」

「え?」

「きっとたいようも、うれしいね」

男の子が駆けだした。「ちょっと!」と芳枝は懐中電灯を振った。揺れる光のなかで、男の子の影がジグザグに舞った。

駅の反対側のゲートも群衆でいっぱいだった。芳枝と男の子は人をかき分けるようにしてロータリーを抜け、まっすぐに川へと向かった。このあたりでは「歳月の川」と呼ばれている二級河川だ。流れは住宅地を縫《ぬ》い、海辺の町へと向かっている。

「さあ、着いたわよ。あなたのおうち、どこかな?」

芳枝と男の子は橋の上に立った。懐中電灯の光を受け、暗い街を流れる水面の一部が眼下にきらめいた。

「おうちはないよ」

「だって……そんなはずないじゃない。だれかがあなたを待っているはずよ」

男の子は首を横に振った。

「ぼく、この下におりないと」

「だめよ!」

芳枝の制止も聞かず、男の子は橋のたもとまで駆けていった。そのままコンクリートの護岸の階段を降りていく。

「ちょっと、やめなさい!」

懐中電灯で男の子を追いながら、芳枝も小走りになった。階段を降りる。息が切れる。

足腰に来る。先に遊歩道に降りていた男の子は、芳枝に向けてピースサインをしてくる。

「いい加減にしなさいよ」

芳枝の言葉が初めて怒気を帯びた。揺れる光のなかで、男の子の顔がこわばった。

「ここからどこに行くつもりなの？」

男の子は口を尖らせている。

「あなた、これまでどこで暮らしてきたの？　どこか、施設かなにか？　そういう場所がこのあたりにあるの？」

男の子が黙りこんだ。言葉づかいに失敗したと芳枝はすぐに気づいた。ああ、と息を漏らしつつ、七十歳は泣きたくなってきた。

「ごめんね、変なことを言って」

男の子が首を横に振った。

「で、どうしたいの？」

「たいようを、さがしに行く」

芳枝は懐中電灯を持ったままの手を自分の頭に添えた。

「そんなこと、できるはずないじゃないの」

「どうして？」

「あなた……太陽を……」

「おばちゃんは、だれか、まっているの？」

「え？」

「おうちに、だれかいるの？」

芳枝は男の子から視線を外し、一度暗がりに目をやった。立ちくらみがしたようになり、額を押さえた。

「だれも……いないのよ」

「そうなの？」

空気が抜けていくような息を芳枝は吐いた。

「そうよ。健ちゃんは長い旅に出ちゃったでしょう。それよりもっと前に、私の旦那さんもどこかに行ってしまったの」

「どこに行ったの？」

「さあ、どこなのかな。今頃、健ちゃんとお酒でも飲んでいるのかな」

「だったら、いいね」

男の子がいきなり芳枝の手を握った。

「あら」

子どもっぽい華奢な手だった。ただ、その温もりの確かさに芳枝は驚いていた。記憶がよみがえる。健太郎ともこんなふうに手を握りあった。水辺のこの遊歩道を、幼い息子と夫の三人で歩いたことがある。

「おばちゃん、行こうよ」

男の子は芳枝の手を引っ張る。

「どこに行くの？」

「あっち」

男の子が下流の方を指さした。

男の子の手の温もりは芳枝の心にまで届いていた。こうなったら仕方がない、すこし付き合うか、と芳枝は気持ちを切り替えた。男の子の手をあらためて握り直し、草地に懐中電灯の光を這わせた。

「おばちゃんね……」

「うん」

「健ちゃんが小さい頃に、家族でここを歩いたことがあるのよ」

「へー、そうなんだ」

「メダカを飼いたいって健ちゃんが言いだして。タモ網を持って、三人で水のなかの生き物を探したのよ」

「メダカ、とれたの？」

「それがね、メダカはとれなかったんだ。ドジョウはすくえたんだけど」

たまにしか帰ってこない夫だった。ぎこちない笑顔で夫が息子に接していたことまで芳枝は思い出した。あの日、健太郎ははしゃいでいた。バケツに入れたドジョウを大事に家まで持って帰った。

「それで、ドジョウはどうなったの？」

「あら、どうなったのかな」

そこから先の記憶はなかった。ただ、水辺で親子三人が過ごした時間があったことだけを芳枝は思い出したのだ。

「ドジョウ、飼おうとしたのかな。よく覚えていない。死んじゃったかもしれない」

「ふーん」

男の子はそこで芳枝の手を離した。温もりが消えた。なにか大事なものが滑り落ちていったような気がして、触れるものがなくなった掌《てのひら》を芳枝は腰にあてがった。

男の子は前を歩いた。懐中電灯の光のなかで小さな背中が上下に動いた。どちらからも言葉は発せられず、二人はただ黙々と歩いた。

家族の話などしない方がよかったのかも、と芳枝は思った。この子は、父親も母親もいないと言ったのだから。

「ねえ、あなたね」

男の子との距離を埋めるように、芳枝は敢えて言葉を放った。

「おばちゃん、こんなわけのわからない冒険に付き合っているんだから、そろそろ教えてくれてもいいんじゃない？　どうして、おばちゃんのところに来たの？　前にお店に来たことがあったのかしら」

男の子は返事をせず、振り向きもせずに進んでいく。

「ねえ、なにか、おばちゃん、わるいことを言ったかな」

男の子が立ち止まった。振り返って、芳枝を見た。

「おばちゃん、あなたのこと、なにもわかっていないのよ。あなた、どこから来たの？本当にお名前がないの？」

男の子は芳枝をじっと見つめる。

「ぼくね……」

「はい」

「ただの、子どもだよ」

男の子がゆっくりと微笑んだ。

そのとき、なにかが頭上で光った。水辺の草むらや川面がはっきりと浮かび上がった。

芳枝は顔を上げた。男の子も空を見た。

「あっ！」

芳枝と男の子は同時に声を発していた。

大火球が空を横切って落ちてこようとしていた。橙《だいだい》の光の塊が、尾まで引いて燃えている。あたりは一瞬、太陽がよみがえったかのように明るくなった。

「すごい！」

男の子が両手を上げた。

大火球は下流の方へ落ちていった。男の子は「わーっ」と歓声をあげた。普通の流れ星とは違い、やたら滞空時間を感じさせる落下だった。ほんの数秒ではあったが、空には輝く軌跡までが残った。

懐中電灯の光のなかで、男の子は何度も跳びはねた。芳枝も自然と大きな声になった。

「すごいね。おばちゃんも、びっくりした」

男の子が空を指さした。

「たいようが、また生まれるのかな」

一瞬の間があって、男の子はいきなり走りだした。

「ちょっと、どこに行くの！」

男の子は芳枝に背を向けたまま、下流の方を指さした。

「待って！」

懐中電灯の光では追いつかず、男の子はすぐに見えなくなった。

3

男の子が走り去った方向に芳枝はしばらく目を向けていた。しばらくすれば戻ってくるに違いないと思ったが、明かりも持たずに駆けていった子どもの無謀さが信じられなかった。

それにしても、勝手な子だ。あの子が健太郎だったら、遠慮なく叱りつけるのに。

ああ、でも……。

こういう考え方はもう、なしにしようと芳枝は思った。健太郎は旅に出て、永遠に帰ってこないのだから。

水辺で一人男の子を待っているのがつらく、芳枝は懐中電灯を方々に向けた。コンクリートの護岸がずいぶんと高く感じられた。夜の暗渠《あんきょ》に落ちたようなもので、明かりがなければ一歩も進めそうになかった。おまけに、遊歩道には草がひどくはびこっていた。

「まいったね、これは……」

男の子はなかなか帰ってこなかった。芳枝は自分がいかに不用意であったかに気づき始めた。携帯電話は寝室に置いてきた。腕時計も持っていない。空は夜のままなので、時刻がまったくわからなかった。

芳枝は暗い水辺に立ち続けた。男の子を放って帰るわけにはいかないという思いは引き続きあった。

「もう、行きますよ！」

耐えかねて芳枝は下流に向かって叫んだ。だが、普段からのどを使っていなければ、大した声にならないということを思い知っただけだった。

懐中電灯の光が弱まっていることに気づいたのは、そのすぐあとだった。

遊歩道の茂みを照らす光の輪がどんどん狭まり、暗くなっていく。

芳枝はうろたえた。川に降りた橋のたもとからはもうずいぶんと来ていた。今から戻るのは難しそうだった。左右に懐中電灯を向けてみたが、そばに階段は見当たらなかった。

反《そ》り立つ壁のように護岸はどこまでも続いている。光はさらに弱くなっていく。

「ちょっと、待って」

懐中電灯に対してなのか、男の子に向けてなのか、それとも闇そのものになのかわからないまま、「待って、待って」と芳枝は繰り返した。

光は漆黒に飲まれるように消えた。懐中電灯は沈黙した。替えの電池はない。

「ちょっと……どうしたら……」

真っ暗になった水辺で、芳枝は役に立たなくなった懐中電灯を握ったまま突っ立っていた。まずは落ち着きなさいと自分に命じ、手を胸にあてがった。腰をかがめ、草にひざをついた。

深呼吸しないと。

川を渡る風が芳枝の首筋や手の甲を撫《な》でていく。芳枝は首を振りながら立ち上がり、ゆっくりと息を吐いた。護岸だと思われる方向に顔をやった。頭上の星以外はなにも見えない。もはや壁がどれくらいの高さなのかもわからない。

「すいません、だれかいますか?」

護岸の向こうへと、芳枝は声を上げた。垂直な壁に挟まれているため、自分の声がこだまして響く。

「すいません! 川から上がれないんです。だれか、聞こえますか!」

せめて男の子が戻ってきてくれないだろうかと芳枝は祈るような気持ちになった。しかし、自分の声が響くだけで、どこからも返事はない。人の声はもとより、車が通り過ぎていく音もしない。護岸の向こうが住宅地なのか、学校なのか、工場なのか、芳枝には見当もつかなかった。

「すいませーん！　だれか、私の声が聞こえますか！　灯りがないんです！」

自分の声のこだましか返ってこない。耐えられずに芳枝はつぶやいた。

「健ちゃん、どうしたらいい？」

ふと、ひらがなの手紙が芳枝の脳裏に浮かんだ。幼い健太郎とやりとりをしていた手紙ごっこの一文だ。

『おかあさん、おしごとをしているときはこわいかおをしていますね。すこしでいいのでわらってください』

夫は家に寄りつかず、芳枝は内職に追われていた。健太郎と遊んでいる余裕などなかった。でも、ひらがなを教えてあげると、一人息子はたびたび手紙をくれるようになった。芳枝も返事を書いた。

『ごめんなさいね。これからはよくわらうおかあさんになるつもりです。そうだ。あさ、おきたら、ふたりともまずわらってみましょうか』

健太郎からもらった『わらってください』の手紙を、しばらく財布に入れて持ち歩いていたことまで芳枝は思い出した。

「そう、こんなときは笑わないとね」

暗闇のなかで、芳枝は無理にでも笑おうとした。でも、頬すら緩まない。

目の前に、なにを見ても笑っていた赤ちゃんの頃の健太郎がよみがえった。

芳枝は二度、三度と大きく息を吸い、意識的に長く吐いた。

笑えないなら、すくなくとも落ち着きなさい、と自分に命じた。

そう、あのときに比べれば、この程度のことはなんでもない。

闇に包まれた水辺で、芳枝は四十年ちょっと前の、異常な出産劇を振り返った。

健太郎は、予定日より一ヶ月以上も早く母胎《ぼたい》を離れた。医学用語では、「胎盤早期剝離」と呼ばれる状態だった。下腹部の痛みに加え出血もあったが、芳枝の体は出産の準備ができていなかった。冬の朝五時に、夫とともにタクシーで病院へ駆けこんだ。芳枝は、お腹のなかの子が死に向かいつつあると直感でわかった。タクシーの窓から見える暗い空に祈ったことを、今でもはっきりと思い出せる。


……私はどんな目にあってもいいので、この子の命を救ってください……

健太郎がかろうじて生まれ出ることができたのは、担当医がちょうど宿直に当たっていたからだ。もし他の医師なら死産に終わっていたかもしれない。帝王切開に踏み切る際、担当医だからこその大胆な判断があった。芳枝の予感通り、お腹の子の心音は途絶えていた。

赤ちゃんを救いたいなら一つしかないと、担当医は緊迫した表情で言った。麻酔をかければこの子は完全に死ぬ。他の方法を探る時間もない。奥さん、麻酔をかけずに帝王切開をやります。いいですか?

医師に判断を迫られたが、芳枝の頭のなかは靄《もや》がかかったようになった。やめてくださいとも言えず、心を整理できないままうなずいた。

分娩台で芳枝は目を閉じた。メスが皮膚を裂くまでは我慢できた。だが、ハサミが腹の肉を切り始めたとき、耐えきれず絶叫した。四肢を看護婦たちに押さえつけられた。腹だけではなく、鉄棒で刺されるような痛みに全身を貫かれた。血圧が二百を超えています、と看護婦の声が聞こえたとき、仮死状態の健太郎が取り出された。その瞬間、担当医が芳枝に麻酔注射を打った。意識が遠のいていくなか、芳枝は見た。血に染まった我が子が、産声すらなく看護婦に抱えられていた。

「生きて、生きて、生きて!」

自分の呼吸すら止まりそうなのに、芳枝はあらん限りの力で、「生きて！」と叫んだ。

真っ暗な水辺で、芳枝は一人立ち尽くしていた。「笑うなんて、無理よ」とつぶやいた。ああまでして産んだ健太郎は、この世にもういないのだ。彼の四十年の生涯もどこかに消えてしまった。

芳枝はゆっくりと立ち上がり、デイパックを背負い直した。続いて、水の音がする方に顔を向けた。星影を映している緩やかな淀《よど》みがちらちらと見える。

流れの方向を芳枝は確認した。左手を伸ばし、護岸があると思われる方へ、横歩きでゆっくりと近づいていった。靴の下には遊歩道の感触があり、草や灌木《かんぼく》がふくらはぎをちくちくと刺した。五歩、六歩……護岸までこんなに距離があっただろうかといぶかしみながら、芳枝はそのまま横歩きを続けた。

やがて、指先が硬いコンクリート壁に触れた。護岸だった。あとはこの壁から手を離さないようにして川下へ進んで行けばいい。そうすれば、どこかであの男の子に出くわすに違いない。

芳枝は歩きだした。左手の指先を護岸に這わせ、闇のなかを一歩ずつ進んだ。石に蹴《け》つまずき、茂みに足を取られながら、ただまっすぐに歩き続けた。

「だれかいますか？」

ときおり芳枝は闇に向かって声をかけた。護岸の上にだれかがいれば、あるいはあの男の子が近くにいれば、返事があるはずだと思った。だが、反応はなかった。歳月の川の水音がかすかに聞こえるだけだ。

「あら……」

芳枝はそれを前方に捉えたとき、目の錯覚かもしれないと思った。何度か瞬きをしてみた。

一点の、青白い光があった。

数十メートル先なのか、数百メートル離れているのか、距離はつかめなかったが、光は消えることなく固定されてそこにあった。

水門のような建造物でもあるのだろうか。それともなにか、工事でもしているのだろうか。

光の正体について考えているうちに、芳枝の足の運びは幾分速くなった。勢いがついたせいか、壁に触れている指先がこすれて痛くなった。芳枝は左手を離した。その途端、また方向がわからなくなるのではないかと不安になったが、光を目指して芳枝は黙々と歩いた。灌木がすねを叩く痛みはもう気にならなかった。

芳枝が近づくにつれ、光は青白いバラの蕾《つぼみ》のようにふくらんだ。芳枝の足の運びはさらに速くなった。

しかし芳枝はそのすこし先で歩を止めた。光のなかに現れたものを目が捉えたからだ。一人の男が机に向かい書き物をしていた。青白い光の正体は、机にのったランタンの輝きだった。

男は、自分の書斎で仕事をしているかのように、一心不乱にペンを走らせていた。

芳枝は足を止めたまま、どうするべきなのかを考えた。

男は、理解し難い、異様な人物であるように芳枝には思えた。普段ならこちらから声をかけることなどないだろう。気づかれないよう、男の背後を忍び足で通り過ぎるに違いない。でも今は大ピンチだし、世界全体がおかしな状況なのだから、尻込みしている場合ではない。

話せるだろうか？　自分に問いかけ、決心がつくまで深呼吸を繰り返した。

男の子を見なかったかどうか、それだけでも聞いてみよう。

芳枝は男に近づいていった。男の頭は白髪に覆われていた。芳枝からは横顔しか見えなかったが、自分と同じくらいの年齢であるように思われた。

「あの、すいません」

男は一心に机に向かっている。芳枝は声を張った。

「お仕事中、すいません。あの、このあたりで子どもを見かけませんでしたか？」

男はペンを持ったまま、首を動かした。伸びた白髪の下で、二つの目が泳いだ。ランタンの光を受けて、男の瞳が輝いた。光の青白さよりも褐色が勝る色だった。

芳枝は額のあたりを指先でツンと弾かれたような感覚を覚えた。頭のなかにしまわれていたなにかが、男の瞳の色がきっかけになり飛び出してきたのだ。でも、それがなんであるかが芳枝にはわからなかった。

「子ども？」

男の声は、砂粒でも混ぜたようにしわがれていた。

「男の子、女の子？」

青いチェック柄のシャツを着た男は、ペンをノートの上に置くと、芳枝の方に体を向けた。

「男の子なんです。前髪をまっすぐに切り揃えていて……」

うむ、と男はうなずき、腕を組んだ。芳枝から一度目をそらし、ランタンの光が及んでいない闇を見つめた。

「そういう男の子が……いたかもしれませんね」

「はあ？」

男が芳枝に目を戻した。

「ご覧の通り、ボクは記録を残すことに集中していたのです。だからボクの心は、ノートを照らしている光の内側にこそあれ、見ていない外側のことについては感知しません。しかし、なにかの気配はありました」

「気配？」

「はい。ボクの背後を、たしかになにかが通り過ぎていきました。ボクの体は敏感でしてね、直接に見なくても察知するのです。それは、男の子だったかもしれませんし、大きなコオロギの影だったかもしれません」

コオロギ？　と聞き返しながら、やはり話しかけない方がよかったかもと芳枝は思った。

男は顔の前に片手を上げ、「このくらい」と親指と人差し指を開いてみせた。

「コオロギの黒い影、もしくは影のコオロギです。インドシナの森林に棲んでいる、これくらいの大きなコオロギです。あなたはインドシナに行ったことがありますか？」

いいえ、と芳枝は首を横に振った。

「そうですか。それでは、今ちょうど書いたものがありますので、読んで差し上げましょう」

いえ、けっこうです、と芳枝は言いかけ、それをどう伝えようかと迷っているうちに、男はノートを持ち上げていた。なにやら詩のようなものを読み始める。

「ホテルの前の街灯は、村で一番の明かりもち。空が紫に沈む頃、虹はここから伸びていく。微かな色彩の線にのり、ひしめき、飛びかう影のコオロギたち。触覚の先に魂をぶら下げて。草原の、地雷原の、星のきわまでの影のコオロギたち」

男は息を止め、芳枝の顔に視線を戻した。

「ブオーンと響く翅《はね》の音！　ゴーンと響く寺の鐘！」

男の目が見開かれた。椅子から腰を浮かせている。驚いた芳枝は後ろに一歩さがった。

「兵隊さんのジープも、国連のトラックも、ホテルのひび割れたプールも、無数のコオロギたちに覆われて。影がうごめいて、影が鳴いて、お腹の影まで膨らんで」

男がわずかに背を丸めた。その分、声が低くなった。

「小競り合いはいつものことだ。夜の数だけいがみ合う。水を張ったバケツにコオロギたちを放りこむ。手当たり次第、つかんでは入れる。こんなにもたくさんの影コオロギ。それでも蹴られたり、肘鉄をくらったり。コオロギたちと同じ姿勢で地を這いながら、ボクらは今夜もいがみ合う」

「バケツで溺れるコオロギたちは、もはや鳴くこともできず、もがいて、絶命して、影となって堆積する。あとは油で揚げるだけ。塩と唐辛子であっさりと。あるいはナンプラーに泳がせて」

「熱々のコオロギにかじりつく。影コオロギだけでお腹を満たす。ボクはランプの灯りを吹き消す。闇に戻れば、ボクのなかで、影コオロギたちはまた鳴き始める」

男は片手をのどにあてがい、掌でさすっている。

「いつかきっと母さんは帰ってくる。ボクは一匹のコオロギになり、母さんを探しにホテルの灯りへ飛んでいく。追いかけてくるのはだれ？　ボクをつかまえるのはやめて。影となったボクが鳴いているのは、母さんに気づいてもらうためなのだから」

「ブオーンと響く翅の音！　ゴーンと響く寺の鐘！」

男はここで精一杯に声を張った。一生懸命な人なのだと芳枝は感じた。

護岸に囲まれた空間ゆえ、こだました男の声が芳枝の耳に長く残った。男は大きく息をつくと、ノートを机に戻し、白髪を指でかき分けた。

なにか言うべきだろうか。芳枝は取りつく島を探そうとした。だが、男が語ったインドシナの風景があまりに日常を超えていて、感想に足るだけの言葉が出てこない。

「聞いていただいて、ありがとうございました」

男が頭を下げた。白髪が揺れた。

「突然、インドシナの子どもの心を語られても、どう反応したらいいのかわからなくなりますよね」

はい、とも、いいえ、とも言えず、芳枝は曖昧なうなずき方をした。

「かつて地方紙の記者をしていましてね。時には海外を訪れ、記事を書く機会もありました。いわば、紛争地の記者と申しますか、これでもジャーナリストの端くれだったのですよ」

男はノートを指先で軽く叩き、「その後はフリーランスですけどね」と付け加えた。

「もともと、インドシナのこの地域では、コオロギは普通に食べるのです。でも、ボクがここ、火炎樹の国を訪れた頃は、昆虫以外の選択肢がなかった。タンパク源といえばコオロギしかなかったのです」

「火炎樹の国？」

「そうです。二十年の内戦を経て、なにもかもが破壊されていました。ある政権がこの地域を統治したときは、二百万人もの犠牲者が出たと言われています。見渡す限り、地平線までずっと荒野です。しかもそこに無数の地雷が埋まっていました」

「そこで、コオロギを採る子どもと？」

男の褐色の瞳に吸いこまれるようにして、芳枝の口からようやく言葉が出始めた。

「はい。ボクはその子から、揚げたコオロギを買いました。自分でも食べてみようと思いましてね」

「どんな味がするのですか、コオロギ」

「まずくはないですよ。小エビの唐揚げに似て香ばしいし、滋養もあります。ボクはその子と仲良くなりまして、話をするようになったのです。生きんがためでしょう、たどたどしさが残るものの、その子は英語をマスターしようとしていました。それで彼と話しているうちに、母親が帰ってきていないことを知ったのです。街に出たままずっと連絡がないと」

コオロギの物語は難解な詩のようでもあり、芳枝には理解できない部分もあった。だが、男が話を誇張しているようには感じられなかった。

男はまた咳払いをした。

「太陽が消える前から、ずっとこうです。どうもいがらっぽくていけません」

うんうん、とのどを鳴らし、男がまたノートを手に取った。

「戦争が始まると、橋は戦略上の重要ポイントになります。軍隊が退却していくときは、敵に追われないように橋を壊すのです。では、もう一つ読みましょう」

いいえ、もう……と言いかけ、芳枝は止めた。この流れには抗《あらが》えない気がしたのだ。

男は大きく息を吸った。そして、コオロギのときよりもすこし速い口調でノートの文字を読み始めた。

「父さん、やつらが橋を爆破しました。退却しながらダイナマイトを炸裂させたのです。橋の真ん中が吹き飛んで、もうだれも渡れません。棒高跳びの選手が川幅ほどの長い棒を手に入れても、サーカスのオートバイ乗りがエンジンをロケットに替えても、もうこれは無理というものです。父さん、商売をしましょう。川を渡れない人がたくさんいます。ジープやトラックも護岸に溜まるばかり。ちょいと遠回りして、ボクらのトラクターで引っ張ってやりましょう。浅瀬を渡るのです。自転車やオートバイなら一ドル、トラックなら十ドルは取れます。ねえ、父さん、この川で商売をしましょう。困っている人がいるのだから、助けてあげないと」

男は間を取り、大きく息を吸った。

「それにしても父さん、橋は真ん中がなくなると、橋ではなくなるのですね。では、あの橋の残骸をなんと呼べばいいのでしょう。父さん、なにかがなくなると、ものの呼び名も在り方も変わるのですね。それなら、道はなにがなくなると道ではなくなるのですか。虹はなに色がなくなると虹ではなくなるのですか。人は何人亡くなると人ではなくなるのですか」

息をつきながら、男が芳枝の顔を見た。褐色の瞳と目が合い、芳枝は反射的に視線を外した。

「父さん、この川で商売なんて、今まで考えたこともなかった。ボクが商売を思いついたのは、なにかを得たのですか？　それともなにかを失ったのですか？　橋が橋ではなくなったとき、いつかわかり合えるときが来ると信じていたボクはボクでなくなりました。さあ、父さん、それなら仕返しだ。川でがっぽり儲けましょう」

読み終わったようだった。男は掌を口に当て、またも咳きこんだ。

「大丈夫ですか？」

「はあ、まあ、のどの調子がね」

「あの……今まで聞かせてもらったのは詩なのですか？」

男の口元が緩んだ。ちょっとした笑みを浮かべた。

「どう解釈していただいてもいいのですが、ボクはこれらの作品を、歴史の記録だと考えています」

「歴史？」

「報道の仕事でしたからね。いつどこで戦闘があった。何人の犠牲者が出た。こうしたことをまず伝えなければいけないのです。それが積み重なって歴史になっていきます」

芳枝は緩くうなずいた。

「しかし、生きている人間の数だけ、歴史があるのです。コオロギで命をつないでいた子にも、爆破された橋のそばで暮らしていた家族にも、目で見て、耳で聞いて、心に刻んだ歴史があるのです。政治家でもない、軍人でもない、肩書きのない人々の歴史は記録として残りにくいのです。だからボクは、真の歴史を詩として書き留めることを続けているのです」

「はあ」

「だから、ボクは書く前にまず思い出さなければいけない。世界を駆け巡ったのはもうずいぶんと前のことです。ボクの認識は、脳のなかでニョクマムのように発酵しているかもしれない。つまり、どこかに誇張や偽りなどの旨みが発生しているかもしれません。しかしまさにその記憶こそが歴史なのです。目撃者である自分の感情も含めて」

「それなら、どんどん思い出して、歴史を書かなければいけませんね」

芳枝は男の褐色の瞳を盗み見た。この瞳を知っている、と芳枝は確信した。人の心が本当の歴史を作っていくのなら、自分もまた、この男の瞳を心のどこかで記録しているはずだった。

「それで、その男の子というのは?」

男に尋ねられ、芳枝はこれまでのことをかいつまんで話した。黙って聞いていた男は、うむ、と大きくうなずいた。

「それなら、捜さないとまずいですね。この暗がりを、明かり一つ持たずに歩いているわけですから」

「はい。まだ小さいのに」

「子どもはいつも天真爛漫です。同時に、不安なものです。大人たちがいつも世界を荒らすからです。ましてや今は、太陽が消えてしまった。すべての子どもたちが闇のなかをさまよっている」

男はまたノートを手に取った。

「だれ一人、生まれる時代と環境を選べません。未来への期待と等しい分量で、子どもはいつも心細いのです。もう一篇だけ歴史を読みましょう。船で暮らす子どもの心です」

咳払いを一つして、男がノートのページをめくった。

「橋に辿り着いたのは、わたしがまだゆらゆらと眠っているときだった。船のなかに家族十人。真ん中が爆破された橋。渡れない橋。その橋桁にロープは結ばれた。泥の国から逃げてきて、川をずっと漂って、破壊された橋の下、ゆらり揺れている」

「朝、船べりに板が渡された。わたしは岸辺に降り、街に足跡をつけていく。弟たちが採ってきたコオロギを油で揚げ、そとに売りに行く。買ってもらえるときもあり、もらえないときもあり、でも、気にしない。末っ子は裸で水辺を走り回っている。わたしたち、なかとそとで、ゆらり揺れている」

のどを鳴らし、男は声を整えようとする。

「船のなかとそと。なかはランプの灯り。そとは月の明かり。なかは舳先にぶつかる水の音。そとは車のクラクション、銃声、軍人の号令。なかは詰めこまれた匂い、家族の匂い、肉の匂い、汗の臭い、垢《あか》の臭い。そとは風」

ざらついていた男の声がすこし滑らかになったように芳枝は感じた。

「家族のなかとそと。なかは化粧を落とした母さん。そとはおしろいだらけの母さん。なかはときどき笑う父さん。疲れた父さん。それでも話し続ける父さん。そとはこわばった、緊張をとかない父さん。なかは洟《はな》をたらした弟。すぐに泣く妹。そとは町の子たちに石を投げられた弟。ウインドウに張りついて服を見ている妹」

ああ、と男が息を漏らした。

「夜。なかは家族の寝息、いびき、歯ぎしり。それがいやなのに、家族の音にすがりついているわたし。そとは無数のコオロギの声。家族から遠ざかってせいせいした気分。でも、その距離が怖い。なかは夢ばかり。船から出ていく夢ばかり。そとは諦め。出ていけるはずがない。街灯の向こうで道が消えている。わたしたち、なかとそとで、ゆらり揺れている。ああ、ロープが切れて、このまま海まで流れていけばいいのに。なかもそともなくなって、どこかの島に辿り着けばいいのに。船の壁一枚が、わたしを橋桁に縛りつける」

ゆっくりとした仕草で、男がノートを机の上に戻した。

「ボートピープルですか？」

「はい。泥の川で暮らす人々です」

「たしかに、その子の心は、歴史の教科書には永遠にのらないでしょうね」

男が初めて椅子から立ち上がった。ランタンの光を遮って、芳枝の前で一つの影となった。

「ボクもいっしょに、男の子を捜しに行きましょう」

「いえ、そんな……」

芳枝は首を横に振った。頼りになるような気もしたが、男が醸し出す雰囲気はやはり常人のものではなかった。

「正直なことを言うと、実はボクも太陽を探しに行こうと思っていたのです。途中でその男の子に出会うかもしれない」

「そうなればいいですけど。でも、私は別に太陽までは……」

「どうもボクのここらに」

男が掌をのどにあてがった。

「ここにね、なにか出来ているような気がするのです。あまりよくないものが。つまり、ボクはあとどれだけ生きられるのかわかりません。だからこそ、太陽の行方を探し当てなければいけないのです。その間、ボクは心に浮かぶ言葉をノートに書きつけなければいけない」

男のしわがれた声の理由を知って、芳枝はなにも言えなくなった。

「ボクの予感ですが、川の水はボクらを導いているように思います。この先の水門を越えれば、闇が一つなにかをささやいてくれるかもしれない。あなたが来てくれて、なんだか元気が出てきました」

「本気なんですか？」

「はい」

男は本当に行くと決めたらしく、ノートやペンを肩かけ鞄にしまいこんだ。

「私、徳丸芳枝と言います。もしいっしょに男の子を捜しに行くのなら、せめてお名前を教えてください」

男がうなずいた。白髪頭が揺れた。

「ボクは、ヒョウです」

「ヒョウ？」

「動物の豹です」

豹さん？　と芳枝はなぞるようにつぶやき、ネコ科の猛獣の顔を思い描いた。

「一つ断っておかなければいけないのですが、ときにボクは、本物の豹に変わります」

この人はなにを言っているのだろうと、芳枝はあらためて男の褐色の瞳を見た。

「でも、心配しないでください。ボクは豹に変わっても、あなたを襲ったりしません。ただボク自身が豹に変わるだけのことです」

やはりいっしょには行かない方がいいのではないか。芳枝の胸には当然の不安がよぎった。だが、豹と名乗る男はランタンをすでに持ち上げていた。二人を包む青白い光が際《きわ》のない球体となって揺れた。

4

件名：私、主人公なのですか？

大島《おおしま》豹太《ひょうた》様

物語を送っていただき、ありがとうございました。まさか、自分がこのような登場の仕方をするとは思ってもいませんでしたので、ただただ驚いています。てっきり、豹さんが色々な国を旅した際の冒険談を集めた作品になるのだと思っていました。私は、思い出のなかの一人として参加する程度だと甘く考えていたのです。

豹さん、これでいいのですか？　物語のなかとはいえ、私は目に留まるようなことはなにもできないような気がします。

半世紀ぶりに豹さんと連絡を取り合えたことは本当に嬉しかったのです。二人で物語を書くというあの頃の約束を叶えようとしてくれていることにも感謝しています。でも、こんな展開は予想外でしたので、今は多分に戸惑いもあり、複雑な気持ちです。

念を押すようで申し訳ありませんが、これは公開する物語ではないのですよね。刊行もされないし、ネットで発表するようなこともないのですよね。

胎盤早期剝離が起き、麻酔なしの帝王切開に踏み切ったのは本当のことです。その後、夫を早くに亡くし、生活は一気に苦しくなりました。カフェを維持しながら内職もし、身を粉にして毎日を乗り越えてきました。それなのに、「生きて！」と念じた一人息子には先立たれてしまったのです。小説を書くことをやめてしまった理由も含め、なんとも、心が痛むことばかりの人生でした。

これまでの日々を教えて欲しいと豹さんに促され、恥を忍んで書き綴った内容です。でも、それはここだけの話にして欲しいのです。私はだれにも同情されたくないし、この世に軌跡も残したくないのです。物語に出てきた大火球ではなく、一瞬にして見えなくなる流れ星でよいのです。このまま、息子のところへ行ってしまおうかなと思うときもあります。

繰り返しになりますが、実名での物語ゆえに、公開されると本当に困るのです。それだけはお守りくださいね。

ただ、感謝はしています。晩年を迎え、こんな再会、こんな展開があるとは。生きてみないとわからないものですね。

徳丸芳枝

件名：約束は守ります。

徳丸芳枝様

驚かせてごめんなさい。約束は守ります。ご安心ください。

高校生の頃の約束を今実現しつつあるように、作品を公開しないという二人だけの取り決めも守ります。
ただ、物語の最後まで辿り着くことができるかどうか、それが不安です。ボクの体力が保てばいいのですが。
タイトルはこのままでいいでしょうか。

大島豹太

件名：ごめんなさい。

大島豹太様

ごめんなさい。私、前回のメールでとんでもない失礼をしました。この物語がもし世に出たら、という不安から小心者の繰り言を書いてしまいました。自分が主人公という予期していなかった展開と、そこに事実が織りこまれていることの焦燥から、せっかく書いてくださっている豹さんに念を押すような文面を送ってしまったのです。

タイトルの『太陽を掘り起こせ』、私は気に入っています。空にある太陽を掘り起こすって、どういうこと？　と最初は首を傾げましたが、闇に落ちた世界をさまよう男の子と芳枝（本当に私なのですか？）のそばに、気づけば読者としての私も立っていました。

そうそう。そして豹さんの出現です。

火炎樹の国の詩物語、私は惹きつけられました。一度も行ったことがないカンボジアですが、若い頃の豹さんがどんな旅をしてきたのか、子どもたちの表情や、匂いや音までが伴って伝わってきました。

豹さんが書かれた「歴史」の解釈、私も賛成です。歴史が人の営みの記録なら、記録されないような人々の心のなかにこそ、それはあるはずですから。

豹さんが体験された異国での貴重なできごとと、私個人に起きたことを物語のなかで並べてくださり、ありがとうございます。

物語がどこに向かおうとしているのか、私には皆目見当がつきません。男の子の行方も気になります。

実は、豹さんにはまだ打ち明けていないことがあります。たいへんに大きな課題です。でも、これを伝えるには相当な覚悟が必要です。いつか語れる日が来ると信じつつ、太陽がどこに隠れてしまったのかを推理していきますね。

豹さん、気になるのは、あなたののどの調子です。これが物語のなかだけならよいのですが、今の病状に加え、このようなことが本当に起きているのでしょうか。もし可能なら教えてください。

徳丸芳枝

件名：火炎樹の国の詩物語について

徳丸芳枝様

タイトルを気に入ってくださってよかったです。また、一連の詩物語も受け入れてくださったようでほっとしました。

ボクは1992年に、インドシナを取材しました。国論が二分するなか、陸上自衛隊が国連の平和維持隊として初めて外国の地を踏んだのがこの年です。

残留地雷による被害の実情はどんなものなのか。そもそも本当に内戦は終結の方向にあるのか。疑問は山ほどありました。当時はカンボジアに日本の大使館はなく、外務省の職員が宿泊所に滞在しているだけでした。日本からカンボジアに入る方法はなく、タイからの入国となりました。

二十年間にわたって内戦が続いたカンボジアはまさに荒野でした。ポル・ポト時代に虐殺された人々の骨を発掘している現場にも出かけました。道の両側に頭蓋骨がうずたかく積まれているのです。数えきれないほどの遺体が埋まった原野は地雷原でもありました。

現地でのボクの仕事は、極めて唯物的でした。ポル・ポト時代の犠牲者の数、埋まったままの地雷の数、UNTAC各国軍の兵士の数、地雷を踏んだ死傷者の数。常に数字の記録が求められるのです。まさに、取材は数字と固有名詞の量にかかっています。ポル・ポト派の兵士が何人残っていて、どの地域からロケット弾を何発撃ちこんだのか。こういうことを正確に調べなければいけません。コオロギを食べて母親を待つ子どもの心も、メコンで暮らすボートピープルの不安も、記事を積み重ねるという意味での歴史からは消えていくのみです。

でも、芳枝さんも賛同してくれた通り、歴史とは人の営みのことです。真ん中に人の心があります。ボクが危険地帯の取材を経て無名の人々の心を描く作家になったのは、どうせ歯を食いしばって生きるのなら、本当の歴史を書きたいと思ったからなのです。

芳枝さんからブログにメールをいただいたとき、ボクだって本当に嬉しかったのですよ。気がつけば一人で生きてきてしまいました。歳をとってからは、腹を割って話せる友人もいなくなりました。しかもこんな病気になり、隔離される身になるとは。そんな寂しい折に、文芸部の盟友であったあなたと半世紀ぶりに会えたのです。

物語をいっしょに書くという約束は、あなたからメールをもらったとき、鮮やかに思い出しました。そして今、二人で作業をしていくことが、この異常な状況のなかで生きる力にもつながっているように思えるのです。

タイトルの『太陽を掘り起こせ』。

確かにボクらは今、太陽を拝むことができませんね。かなりの息苦しさを覚えるときもあります。ただ、この物語のなかの「太陽」は色々な意味を持つのです。それをすべて書ききりたいです。

とはいえ、お互いに無理は慎みましょうね。体力あっての執筆です。

のどの調子、実はあまりよくありません。世の中がひっくり返ったようになっているので検査は控えているのですが、いつか太陽を望める日が来たら、あちらこちらを調べてもらおうと思っています。

では、高校時代に戻ったつもりで頑張りましょう。

大島豹太

件名：文字通りの夢物語

大島豹太様

メールをありがとうございます。

豹さんとこうしてメールでやりとりするようになってから、自分の年齢には似つかわしくない、イマジネーションのほとばしりを感じています。

文芸部にいた名残からか、短大に進学したあとも小説のようなものを書き続けました。文学賞にいつか応募してやろうと思っていたのですが、若い頃だけの夢と終わりました。私はあることで大きな衝撃を受け、なにをするにも、戸惑いばかりの人間になってしまったのです。例の、まだ明かしていないできごとです。これについては、だれにも語らずにこの世を去るべきだと思っていました。ただ、二人で物語を育んでいく以上、私を変えてしまった秘密に触れないわけにはいかないと思います。

私、文芸部ではみずきちゃんと一、二を争うおしゃべりだと言われていましたよね。あの頃はなにも知らなかったし、こわいものがなかったのです。偉そうに口角泡を飛ばして豹さんや部員たちと討論したこともありました。その私はいなくなりました。

みずきちゃん、若くして残念な去り方をしましたね。私は彼女の気持ちがなんとなくわかります。私もまた、息子と過ごした時間を除けば、虚ろな日々を送ってきたことを否定できません。

こんなひどい状況に追いこまれてから、初めて豹さんのブログにメールを出す勇気が湧いたのです。

今日はここまでにします。やはり、息苦しさが付きまといますね。豹さんも、すこしでも苦しくなったらパソコンには向かわないでくださいね。のど、お大事に。

徳丸芳枝

件名：シロップ水の妄想

徳丸芳枝様

体調はいかがですか。

前回のメールで、芳枝さんはなにか大きな衝撃を受け、かつての自分ではなくなってしまったようなことを書かれていましたが、本当かな？　高校生の頃から、あなたの芯の強さを感じていましたよ。きっと、変わらないものもあるのではないですか。だから今、二人で物語を生み出そうとしているのではないでしょうか。

謎の男の子に飲ませてあげた金柑のシロップ水。芳枝さんのお店で果実のシロップ漬けを看板にしていたと聞いて登場させたのですが、書きながら、そのシロップ水を飲みたくなって困りました。とにかく息苦しいし、微熱もずっと続いているので、胸がスカッとするものを飲みたいのです。ここに芳枝さんが作ってくれた果実のシロップ水があればなあ。

こうなると、記憶のなかの果実にすがるしかありません。カンボジアでは毎日のようにライチを食べました。あの清涼な甘みも香りも、いまだ私の頭のなかにあります。火炎樹の木陰で、子どもたちが売りに来るライチに唐辛子をかけて食べたのです。するといっそう、甘さが引き立つのです。

ああ、ここから出ることができたらなあ、と思います。芳枝さんの作った冷たいシロップ水をいただきたいです。その日は来るのでしょうか。

大島豹太

件名：氷砂糖

大島豹太様

豹さん、その日はきっと来ます。そうなったら私、お店をもう一度だけ開きます。なんでも好きなものを召し上がってください。

教室でベトナム戦争に対する反戦詩などを発表しあったあの頃、私は母に教えてもらって、すでに果実のシロップ漬けを作っていたのです。

私が小学生だった頃、砂糖の卸商で働いていた母が、ときおり氷砂糖を持ち帰ってきました。母は、氷砂糖のことを「ダイヤモンド」と呼んでいました。私はあの透明な結晶を舐めるのが、なによりも好きでした。口に入れてほんの数秒、柔らかな甘みの輪が、私という存在を突き抜けて空にまで広がっていくような感覚に身悶《みもだ》えしたものです。

豹さん、氷砂糖をどうやって作るか知っていますか？　あれはサトウキビとテンサイから採ったショ糖の結晶なのです。砂糖水に氷砂糖の結晶を入れて、大きく育てていくのですよ。私は氷砂糖のその成り立ち方も好きでした。子どもの頃は、砂糖の国の王女になりたいと思っていたほどです。輝く氷砂糖だけでお城を作りたいなんて夢想したのです。

私、十歳になったとき、母から日課を与えられました。一日に一度、青梅と氷砂糖が入った瓶を両手で揺らすのです。澱《おり》が溜まらないように、攪拌《かくはん》をするのですね。

陽炎のような模様を作って混ざり合う抽出液を見ているだけで、私は時間が経つのを忘れました。果実の個性を液体に変える氷砂糖は、本物のダイヤモンドよりも価値があるように思いました。「もういいわよ」と母から許可が降りると、私は毎日のようにいただいたのです。だって、梅シロップの味は、日々すこしずつ変わっていくからです。私に付き合ってだと思いますが、母も一口飲むたびに歓声を上げていました。

「この一つの果実と会うのは、生涯に一度きりですよ」

梅シロップを二人で味わいながら、母がささやいた言葉もまた思い出します。茶の道で説かれる「一期一会」に通じるものが母の言葉にはあったように思います。

母と二人で青梅のへたを一つずつ取り、それを瓶に入れ、氷砂糖に漬け、抽出液から飲み物を作ったということ。その一つ一つの行為が、私にはかけがえのない記憶となっています。豹さん流に語るなら、果実のシロップ漬けにまつわる様々なことが、私と母の歴史なのです。

豹さん、この状況を乗り越えたら、のどの検査もきちんとしてくださいね。もし、なにかできていたら、手術で取ってしまいましょう。そうしたら、金柑だけではなく、バナナリキュールだって、梅シロップのウオッカ割りだって、なんだって飲めます。それに、まだ私たちはインターネット上で再会しただけです。本当に会わないといけませんね。

もうすっかりおばあちゃんになってしまいましたが（孫はいませんけれど）、やはり豹さんとは、じかにお会いしたいです。

徳丸芳枝

5

歳月の川の暗い岸辺に、豹の持つランタンの光が揺れた。

「だれかいますか?」

二人は闇に向かって呼びかけながら歩き続けた。どこからも返事はなかった。動くものといえば、ランタンの光を目指して飛んでくる蛾くらいだった。

街のなかを流れている川なのに、人の声も車の音も聞こえなかった。豹がランタンを護岸の方に向けた。

「あれ?」

コンクリートの壁が消えていた。草の生えた荒地が闇の底に広がっていた。

豹も意外だったようで、「川幅が広がったのかな」とあたりを見回した。

「ちょっと見てきますね」

豹は護岸があるはずの方に向かって歩きだした。芳枝は草地に突っ立ったまま、自分から離れていく青白い光を目で追った。

「遠くまでは行かないでくださいよ。私、ここで迷子になったらおしまいですから」

「はい、ご心配なく」

この状況でランタンを持った豹が消えてしまったら、自分はどうなるのだろう。考えただけで芳枝はひざが震えだした。光から絶対に目を離さないようにしようと思った。

光は不安定に揺れながら、闇のなかを行ったり来たりしていた。芳枝はなぜか、人間ではなく、動物の豹の影が大きくのしかかってくるような気がした。闇に溶けこみ、あの人は本来の姿に戻っているのではないか。

おかしな想像だと思いながらも、芳枝は闇についての新しい感慨を得た。光が消えてしまえば、ものは目に見えなくなる。しかし、見えないだけであって、あらゆる存在は確実にそこにあるのだ。むしろ、うごめいて、あふれて、こちらを飲みこみに来るくらいの無尽の力が闇には隠れているのではないか。

カンカン、となにかを打つような乾いた音がした。芳枝は我に返った。ランタンの光がこちらに戻ってくる。

「変だなあ。護岸がなくなっています」

人間の豹が青白い光のなかで首をひねっていた。

「街も見えません。ずっと真っ暗で、際がなくなった感じです。どういうことかな」

カンカン、とまた音がして、豹が眉を動かした。

「あれ、あっちにも光が」

豹が下流の方向を指さした。芳枝が顔を向けると、確かに小さな黄色い光点がある。

「だれかいるのかしら？」

聞こえてくるのは短い間隔で連打される音だった。黄色い光のあたりから発せられているると芳枝は思った。

「変な人じゃないといいなあ」

あなたがそれを言うのかと、芳枝は豹の後ろ姿を見ながら笑いそうになった。ただ、どんな相手がそこにいるのかわからないのだから、頬を緩める余裕はなかった。

芳枝と豹は慎重な足取りで小さな光の方へ近づいていった。

「すいません。怪しいものではありませんので」

まだ相手が見えないうちから豹が声をかけた。なにかを打つような音はそこで止まった。

やがて、ランタンの光が前方に届いた。

やっと立っているような小屋があった。板を張り合わせただけの粗末な建物だ。黄色い光を発しているのは、小屋の軒先に吊るされたランプだった。

人の姿は見当たらなかった。ついさっきまでなにかを打つ音がしたのだから、小屋のなかにはだれかがいるのだろう。豹が再び声をかける。

「すいません。どなたかいらっしゃいますか？」

ノブのついた板が小屋の中央にはめこまれていた。扉なのだろうか。芳枝は幼い頃に見かけたバラックを思い出した。戦争で焼け野原になったあと、雨風をしのぐために人々がこしらえた小屋が、まだその頃は街のはずれに住人つきで残っていた。

芳枝は扉に近づき、ノックをしてみた。

「はい」

返事があった。女性の声だった。

ノブが回り、軋《きし》みながら扉が開いた。

女性が顔を出した。朽ちかけの小屋のイメージとは違い、大きな目が印象的な若い女性だった。髪を後ろで結わい、丸い額を出している。芳枝は女性の顔に気を取られた。豹の褐色の瞳を見たときと同じように、額のあたりをツンとなにかに弾かれた。言葉が出てこなくなった。

「あの、実は、この人が子どもを捜していましてね」

見かねた豹が用件を言ってくれた。芳枝はそこで気を取り直した。空気を飲むようにして口を開いた。

「そうなんです。男の子がこのあたりを通らなかったでしょうか？」

ランプの灯りを受け、女性の瞳に光が宿った。芳枝はその輝きを目にしただけで胸がいっぱいになった。

「男の子、ですか？」

若さを感じさせる顔ではあったが、表情に変化がなかった。声にも抑揚がない。

「はい。七、八歳くらいの」

「子どもたちなら、よく通りますけど」

「ここを、ですか？」

女性がうなずいた。

「椅子に座って、絵本を読んでいくんです」

意味がよくわからなかったが、「お宅の、このなかでですか？」と芳枝は聞き返した。

「はい」

開いた扉から半身を出し、女性が無表情のまま手招きをした。

「もしよかったら、どうぞ」

芳枝は首を横に振ったが、豹はそこで「せっかくだから」となかを覗きこむような仕草をした。女性は瞬きもせず、「どうぞ」と繰り返す。

狭い入り口だった。芳枝は身を折るようにして小屋のなかに入った。

「これ……」

思わずのけぞった芳枝の背後で、豹も同じ反応をみせた。

二人にとって、そこは理解を超えた空間だった。外見はバラックを彷彿とさせる小屋だったのに、内部は広かった。薪能《たきぎのう》の舞台のごとく、床は光によって浮かび上がっていたが、奥の方は影に吸いこまれて見えない。光の正体は、方々の台に据えられたランプだった。

低い書棚がいくつも並んでいた。どれも本がぎっしりと詰まっていた。女性が語るように絵本のコレクションが充実しているのだろうか。色とりどりの背表紙だ。

床には、おびただしい数の椅子があった。両の掌を合わせればのるほどの小さな、可愛い木の椅子の群れだった。

褐色の目を白黒させている豹に対し、女性は床の一角を指さした。板材や角材がそこに集められていた。

「わたしが作っているんです」

ノコギリやカナヅチも転がっていて、背板のついていない小さな椅子が並んでいた。

「あなたが椅子を？」

芳枝が聞くと、女性はカナヅチを振るう真似をしてみせた。

「さっきまで、釘を打っていました」

芳枝と豹は顔を見合わせた。カンカンと暗い荒地に響いていた音の出所は、彼女のその作業だったのだ。

豹は床にひざをつき、椅子の座板を掌で撫でた。

「全部、子ども用なんですね」

「はい。訪ねてくるのは子どもばかりですから」

それなら、老いた自分と豹はなぜここにいるのだろうと考えたが、芳枝はそれを口にはしなかった。それよりも、表情に乏しいこの女性の言葉を全部聞いてあげなければいけないという思いがあった。

「全部でどれだけあるんですか？」

「どれくらいあるのでしょうね。わたしも数えたことがないので」

背板のついていない作りかけの椅子を女性が持ち上げた。

「こんなにあるのに、新しい椅子も作っているんですね」

「はい。子ども一人につき一つですから。新しい椅子に座らせてあげたいので」

作りかけの椅子を女性は芳枝のすぐそばに置いた。

「どうぞ、座ってください」

「いえ、そんな……私みたいなものが座ったら、なんだか申し訳なくて」

「いいんですよ。みんな、もとは子どもだったんですから」

女性は表情一つ変えず、「さあ、どうぞ」と椅子を指さす。

「私、ここにお尻のるかな?」

礼を言いながら、芳枝は子ども用の椅子に恐る恐る座ってみた。小さくとも頑丈にできているようで、椅子は軋むこともなく芳枝の腰を受け入れた。

「それで、今日ここに、男の子が来ませんでしたか?」

床に直接腰を下ろした豹が、芳枝が聞くべきことを代わって言った。女性は首を横に振った。

「今日というのが、わたしにはよくわからないのです。いつからが今日なのか。でも、子どもたちはここによく来ます」

「たぶん、ついこの一、二時間です。前髪をまっすぐに切った男の子が訪ねてきませんでしたか?」

芳枝の問いに、女性は首を傾げた。

「その、一、二時間というのが、よくわからないのです。でも、子どもたちはここに寄って、絵本を読んでいくんですよ。好きな絵本を持ってきて、ここで読んで、泣いたり笑ったりするんです」

同じような意味のことを女性は繰り返し言った。会話として成り立っていない気もしたが、芳枝はいちいちうなずいてみせた。

「それならここは、子どもたちにとって、とても大事な場ですね」

「はい。子どもたちはよくやってきます。ここで絵本を読んでいくんです。親のない子の物語や動物の絵本を読んで、泣いたり、笑ったりするんですよ。きっとみんな、やり直すために、子どもに戻ったのだと思います」

豹がちらりと芳枝を見た。芳枝もまた、女性が放った言葉に反応していた。

「やり直すために？」

「はい。やり直すために、子どもに戻って旅を続けるのだと思います」

女性は大きな目を芳枝に向けてきた。ランプの灯りがその瞳のなかで揺れていた。

「それで、あなたはここでずっと……」

「はい。わたしはここでずっと椅子を作り続けています。わたしは、途中でやめてしまったので、ここにいるしか、ないのです」

「なんの、途中なんですか？」

女性は答えなかった。押し黙った。だが、女性の瞳は芳枝をまっすぐに捉えていた。感情が窺《うかが》えない眼差しではあったが、芳枝は胸のなかで、「みずきちゃん」とささやきかけた。

「あの、私たちは男の子を捜さないといけないので、ここでゆっくりしているわけにはいかないのです。だけど、ちょっと思うことがあって……」

閃いていることを口に出すべきかどうか、芳枝は迷った。ちらりと豹を見てから、芳枝は言った。

「私たちといっしょに行きませんか？」

女性の口がわずかに開いた。

「どこへ？」

「どこなんでしょうね」

豹が腕組みをした。

「ボクらにもわからないんですよ。でも、どうですか、気晴らしに？」

女性は背筋を伸ばし、豹の顔を見た。

「わたしがここからいなくなったら、訪ねてくる子どもたちに椅子をあげられません」

「こんなにたくさんの椅子があるのに」

椅子の群れを指さした豹に、「子ども一人に椅子一つです」と女性は言った。そして、こう続けた。

「本を読むために、子どもはだれだって椅子をもらう権利があるんです」

はい、と豹がうなずいた。

「ここにあるのは、ずいぶんと古い絵本ばかりですね。ボクが子どもの頃に読んだようなものが揃っている。でも、椅子に座って読んだかどうかまでは覚えていないなあ」

「椅子は、見えなくていいのです」

女性の眼差しに、これまでなかった強さが表れたように芳枝には感じられた。「見えなくてもいいの？」と芳枝は聞いた。

「椅子は、子どもが本を読める機会のことです。わたしはここで、それを作り続けなければいけないのです」

いかにも歳月を経た、動物の物語の絵本を豹が書棚から取り出した。

「それはあなたがかつて読んだ絵本だから、棚に入っていたのです。だれでもそうです。子どもに戻ってここに来るとき、子どもだったあなたたちを楽しませ、励ました絵本と再会するのです」

芳枝は胸のなかで「みずきちゃん」と再び声をかけた。読み終えた本の面白さを滔々《とうとう》と語っていた高校時代の彼女の表情がよみがえった。

「人違いかもしれないいんだけれど、私はあなたと何度も会っているような気がするの」

芳枝が言うと、豹が声を重ねてきた。

「ボクはあなたの名前も知っているように思う。でも、聞かないほうがいいのかな」

女性がかすかに首を傾げた。

「名前は……忘れました」

芳枝と豹は顔を見合わせた。

「いっしょに行くのは、無理なのね」

「はい」

芳枝と豹は黙りこんだ。彼女をここに一人置いて立ち去るわけにはいかないという思いが芳枝からは消えなかった。でも、それは人智を超えた摂理に抵抗を試みるようなものかもしれない、とも思えた。

「じゃあ、私たち、行きますね」

芳枝は、女性の手を握った。椅子作りをしているようには感じられない柔らかな手だった。

女性がわずかに目の端を緩ませた。

「あの……」

「はい？」

「お会いできて、嬉しかったです」

女性が初めて微笑んだ。

「私も、ですよ」

今度は女性の方から芳枝の手を握り返してきた。

「ここから先、気をつけてくださいね」

女性が扉を開けてくれた。生暖かい風が外から吹きこんできた。

「さまよう者は、いつの時代も、どこにだっているのです」

言われたことの意味がわからなかったが、芳枝は「ありがとう」と伝えた。

女性はまた無表情に戻っていた。それ以上はなにも語ってくれなかった。

芳枝と豹はこちらを見ている女性に手を振り、絵本の小屋をあとにした。

6

件名：みずきちゃんのこと

大島豹太様

絵本の小屋の章、拝読しました。まさか、彼女が登場するとは思いませんでした。

高校の頃のみずきちゃんの表情やしゃべり方を今でもはっきりと思い出せます。文芸部員のなかで、彼女は本当に活発で、目立っていました。

みずきちゃんは、モンゴメリの『赤毛のアン』シリーズのファンでしたね。父親を早くに亡くしたこともあり、自分の境遇とアンの生涯を重ね合わせていたのでしょう。孤児のアンがマシューの馬車に乗ってグリーン・ゲイブルスへと向かうシーン。満開のリンゴ並木を通り抜けたあとでアンのおしゃべりが止まらなくなる場面を、私たちの前で幾度も朗読してくれましたよね。

みずきちゃんの声、何気ない言葉であっても、聞いているだけで気持ちが高揚したことを覚えています。言葉に初めから幸福が詰まっているような朗読でした。いつか童話作家になる。モンゴメリの足跡を求めてカナダを旅してみせる。そう言っていた彼女の明るい表情を私は忘れません。

みずきちゃんが世を去る前に、実は私は一度だけ、彼女と会っているのです。二十代も終盤というところだったと思います。当時、私が勤めていた会社にみずきちゃんが訪ねてきたのです。その頃、私は父が入院をしていた事情もあり、あまり時間は取れなかったのですが、喫茶店で話をしました。

高校を卒業して以来の再会ですから、最初は二人とも手を取り合って喜んでいたのです。でも、そのうちにみずきちゃんが私に会いに来た理由がわかって、いきなり白けた気分になりました。彼女、旦那さんの仕事を手伝っているのだと言って、私の前でパンフレットを広げたのです。

たしか「マントルのボタン」という名だったと思います。磁力を宿したボタンです。それを衣服に縫い付けるだけで、体調だけではなく、あらゆる運気が上向くのだと彼女は言いました。

面白い商品だなとは思いましたけれど、問題はその販売システムがネズミ講的だったことです。私が宣伝をして購入者を増やせば「マントルのボタン」の準会員になれ、それなりの利益をもらえるというものです。

私はなにを言うべきかを迷いながらも、自分はこういうものに興味がないとだけは伝えました。そして、童話作家への夢はどうなったのと聞いたのです。

みずきちゃんの明るい表情が装われたものであったことはすぐにわかりました。しばらく黙りこんだみずきちゃんは、それまでの生活を無表情で語りだしたのです。

大学には行かずに働きだした彼女は、職場の上司に見初められ、二十代の早い時期に結婚をしました。その人は部下の仕事のミスを許さず、激昂するようなところもあったそうです。でも、みずきちゃんには優しくて、いつかは童話作家になりたいという夢を「いいね」と認めてくれたそうです。

しかし実際に結婚生活が始まると、すべては真逆だったのだとか。旦那さんは、お金儲けに直結しない創作は無駄と考える人だったようで、コンクールに応募しても入選しないみずきちゃんに対し、作家になる夢は諦めなさいと告げたようです。

それからの彼女は旦那さんが興した会社の社員となり、「マントルのボタン」を売ることが生活の中心になっていったのです。妻であると同時に、職場の部下です。旦那さんは仕事に直結しないことは嫌うし、許してくれないのだとみずきちゃんはこぼしました。毎日のノルマと圧迫がすごいのだと。

二人の間に子どもはいませんでした。みずきちゃん、赤ちゃんができたら小さな椅子を作ろうと思っていたそうです。本棚を絵本でいっぱいにして、背板に子どもの名前を彫りつけた、専用の読書椅子をプレゼントしようと思っていたらしいのです。

それでどうやらみずきちゃん、椅子を先に作ってしまったらしいのです。旦那さんは自分への皮肉だと捉えたのでしょう。その椅子を壊して、みずきちゃんを殴ったそうです。

逃げられないの、と彼女はつぶやき、影が忍び寄ったような顔でコーヒーカップを見つめていました。離婚は考えないの？　と聞いたのですが、彼女は返事をしてくれませんでした。

私はみずきちゃんにすこしでも元気を出してもらいたいと思い、つらいところを乗り越えて、アンの故郷を訪ねる旅を実現させましょうねと励ましました。でも彼女は返事をせず、ただ肩を落としたのです。

みずきちゃんがその後どんなふうに過ごしたのか、私にはわかりません。「マントルのボタン」が売れたという話も聞きません。彼女の訃報を教えてくれたのは文芸部にいた林《はやし》君です。彼はときどき、みずきちゃんと連絡を取り合っていたようです。

豹さん、それにしても、どうしてこんな物語が書けるのですか。繰り返し読んでいるうちに、みずきちゃんは本当にどこかで、小さな椅子を作り続けているような気がしてきました。それに、みずきちゃんの椅子のことをなぜ豹さんは知っていたのですか。

ああ、質問攻めにしてはいけませんね。

今日はここまでにします。痰を吸い取ってもらってはいますが、それでもかなり苦しいです。昨日から午前午後ともに二時間ずつですが、うつぶせ寝も試しています。そうすると、すこし楽になるような気もします。

豹さんの具合はいかがですか。無理をしないでくださいね。

徳丸芳枝

件名：椅子の話

徳丸芳枝様

みずきちゃんのことは、ボクも文芸部の林から聞いたのです。彼女は方々に「マントルのボタン」の売込みをしていたのですね。あなたが先日教えてくれたようなことを林も言っていました。彼女の作った椅子が壊されたことも林から聞いたのです。

みずきちゃん、あんなに童話作家になりたがっていたのに、書くことを否定され、お金儲けを強要され、どんな気持ちだったでしょう。しかも暴力までふるわれたなんて。

ボクらはだれもが心のなかで、自分に応じた椅子を求めているのだと思います。その椅子を奪う権利はだれにもないのです。

物語の作り方ですが……ボクはただ、彼女の心がまだどこかをさまよっているのだとしたら、なにを願っているのだろうと考えただけなのです。すると、白昼夢を見るかのように、小さな椅子を作り続ける彼女の姿が浮かんできたのです。いや、違うかな。ボクたちには理解できない、人間を超えた大きな存在が書いている物語を、ボクはただ受け取っただけなのかもしれません。

弱音を吐くようですが、このまま症状がひどくなり、快方に向かわないのであれば、ボクは椅子を作り続けている彼女とじきに会うような気がします。

今、一行ずつ休みながら、あなたへのメールを書いているのです。

熱は下がらないし、呼吸障害は相変わらずです。意識が飛ぶようなときもあり、次に寝たら、二度と目覚めないのではないかと不安になることもあります。

そろそろ、芳枝さんも執筆に加わってきてください。できるところまでは、ボクが引っ張っていきますが、想像力の赴くまま自由に書いてくださればいいと思います。

大島豹太

件名：アイデアを書き溜めています。

大島豹太様

体調、やはりあまりよくないのですね。メールを読むのはともかく、体を起こして文字を打つのは大変だと思います。くれぐれも無理はなさらないでください。ただ、豹さんには、気持ちだけは強く持ってもらいたいと思います。このひどい感染症に対して、「病は気から」などという言葉は慰めにもならないかもしれませんが、心の持ちようは最後の砦だと思います。私たちがみずきちゃんと再会するのは、あと二十年くらいあとにしませんか。

私たち、文芸部にいた頃よく話しましたよね。言葉は力を持っていると。私たちが書いていること、語ることは、よいわるいにかかわらず、いつか具体化していくのだと思います。みずきちゃんも、童話作家になりたかったのであれば、それを十年でも二十年でも主張し、物語を書き続けるべきでした。離婚してもよかったのです。いえ、むしろ、離婚すべきでした。そうすれば、カナダ旅行もできたはずです。

私が書くことをやめたのは、つまり、思うように生きられなくなったのも、実は言葉が理由なのです。つい口から出てしまった言葉が、ここ何十年も私を苦しめ続けました。

豹さん、偉そうなことばかり言ってごめんなさいね。でも、私自身が言葉によって人生を押さえつけられてしまった人間なので、今は逆に、言葉から力を得たいと思っているのです。

それで、この物語にどう入っていくべきなのか、思いつくままにアイデアを書き並べています。突拍子もないことになるかもしれませんが、互いにすこしずつ書いてつないでいきましょう。

二人とも、きっとまだ大丈夫です。こうやって再会できたのは、やはり高校生の頃の約束のおかげだと思います。

私たち、お付き合いしていたわけでもないのに、どうしてあんなに意気投合したのでしょうね。

いつか、二人で一つの物語を紡ごうと。

豹さん、頼ってばかりで申し訳ありませんが、いっしょに力を合わせて物語を創り上げましょうね。

私も息継ぎをしながらなんとか生きているような状態ですが、アイデアだけは旺盛に書き出してやろうと思っています。

豹さん、頑張りましょうね。

徳丸芳枝

件名：言葉の揺らぎ

徳丸芳枝様

今日はすこし楽です。あなたに励まされたおかげでしょう。まさに、言葉には力が宿っていると思います。

ただ、言葉と人生の関係は、それほど単純なものではないかもしれません。書いた言葉、口にした言葉によって進む道が見えてきたと思えた時代もありました。また逆に言葉などあてにならない、いっさいなにも信じるものかと嵐に向かってつばするような気分になったこともあります。「禍福《かふく》はあざなえる縄の如《ごと》し」と言いますが、言葉が人生の各場面にどう影響を与えるのかも同じく複雑で、ボクらの理解を超えているように思えるのです。

芳枝さん、ボクはジャーナリストであり、物書きだったわけですから、言葉の力を信頼した人生であったことは否定しません。しかし正直なことを告白すると、ボクもまた言葉に翻弄され続けたのです。

文芸部にいた頃、ボクはみんなに寓話作家になると宣言しました。しかし、その夢は学生時代の幾度かの挑戦で終わってしまい、結局、新聞社に就職したのです。世間的にはよい選択だと思われたでしょう。でも、ボクは自分で自分の言葉を捨てたのです。

新聞記者としてなにか貫くものがあったのかというと、それも曖昧です。日々の仕事を淡々とこなしてきましたが、数字と固有名詞にあまり意味を感じられないまま原稿を書き続けていたのです。本当に自分が書くべきものは違うのではないかと、いつもどこかに疑いや迷いを覚えていたのです。

ベルリンの壁の検問所が東西どちらからも通行可能になった1989年11月、世界は冷戦の象徴であった壁が崩壊したと大騒ぎになりました。地方紙とあって、海外の出来事は通信社の記事を利用していたわけですが、さすがに壁の崩壊は別格でした。社を代表してボクは現地で取材にあたりました。あの歴史的な出来事を自分のペンでくまなく伝えるべく努力をしたのです。ボクの記事は一面を飾りました。

しかし、そのときにはっきりと気づいたのです。ボクが書きたいのは、東欧情勢の全般や東独の運命、またはブランデンブルク門に殺到している人間が百万人に上るということではなく、個人の心の内側で起きているそれぞれの明滅であるのだと。

すなわち、喜ぶ子どもたちの顔を思い浮かべながら初めて西側のスーパーマーケットに入り、貨幣価値の違いからバナナ一本しか買うことができなかった父親の気持ちです。東独の車トラバントしか修理できない整備工が失業を予感して、道路の端に一人で立っている姿です。検問の往来が自由になる前に壁を乗り越えようとして射殺された青年の、墓標の前に立つ母親の思いです。

これがやがて、歴史には残らない「歴史」を書き記していこうとするボクの執筆スタイルを生み、カンボジアの地雷原取材へとつながっていくのです。

しかし、詩物語に活路を見出したつもりになり、新聞社を辞めたあとのボクの生活は荒んだものになりました。言葉に執着し、人の心を探ろうとするあまり、ボクは自身をどんどん疲弊させていったのです。人を言葉で傷つけてしまうこともありました。その苦みを紛らわすために、アルコールが常習となりました。本を書いても思ったようには売れず、酒代のみで消えていくありさまでした。寄り添ってくれた人たちも、やがて去っていきました。そして今、攻撃的なウイルスに感染して横たわっています。

言葉を求め、言葉をあてにし、でも、言葉によって迷路に入りこんでしまった人生だったのです。

今日はここまでにしておきます。芳枝さんも言葉で苦労されたようですが、それはどういうことなのでしょう。この物語のテーマになる部分かもしれません。もし差し支えなければ教えてください。

昨夜、同じ病室の入院患者の容体が急に変わり、今朝、旅立ちました。この病気のこわいところはいきなり重症化することです。患者数が多いためにエクモも使えない状況です。

とにかく、慎重に行きましょう。

大島豹太

件名：私の疑問

大島豹太様

言葉とお酒で苦しまれたのですね。つらい部分を教えてくれてありがとう。

昔の友達に会うと、「変わらないのね」「あの頃と同じね」などとつい言いがちです。でも、変わらないはずがないですよね。環境は常に変わっていくわけですし、年齢ごとに求められるものも変化していくのですから。

私は、言葉を扱う職業を得た豹さんが、新しい風景に出会うたびに仕事のスタイルを変えていったことは、ごく自然なことであると思います。ただ、豹さんの選択に関して、すこしわからない部分があるのです。

なぜ豹さんは、内戦後のルーマニアやカンボジアの地雷原など、わざわざ危険な場所を選ぶようにして取材をされたのでしょう。新聞記者は、ベルリンやプラハの民主化運動の取材のみならず、指示されたら戦場にも行かなければいけないのですか。それとも、豹さんご本人が志願されたのですか。

なぜそれが疑問なのかというと、高校時代の豹さんは、決してそのような場には向かわない人のように思えたからです。

男の人は、戦争や危ない場所になんらかの魅力を感じるようにできているのでしょうか。豹さんを責めているのではなく、私はそのことを知りたいのです。争いごとは血が騒ぎますか？

戦争を起こすのはだいたい男性です。男の人は、争うことなしに生きていくことができないのでしょうか。

実は、私の人生に打撃を与えたのは、父とのやりとりのなかで生じた言葉でした。

戦争中、父は兵士だったのです。

なにが起きたのか。それはまた今度、ゆっくり書きます。

私の病室でも、今朝一人、天に召されました。いきなりの呼吸困難でした。今日はここまでにさせてください。

徳丸芳枝

7

芳枝と豹はランタンの光の繭《まゆ》に包まれて歩いていた。水の匂いはあった。歳月の川は近くを流れている。草陰の向こうに、星空を映す水面がときおり現れた。

芳枝は、小さな椅子を作り続けていた女性の面影を引きずっていた。

彼女が乗り気ではなかったとしても、あの小屋から連れ出してあげた方がよかったのではないか。なにかのきっかけがなければ、彼女は永遠にあそこから出られないのではないか。

豹も言葉なく横を歩いている。きっと同じ想いなのだろうと芳枝は思った。

だが、芳枝には真逆の考えもあった。彼女を連れてきたところで、なにもしてあげられないだろう。そもそも、自分たちが今どこにいるのか、それすらも不明なのだ。不安定な道行きに誘うくらいなら、彼女は椅子を作り続けていた方がいい。すくなくとも、やるべきことについての迷いがない。

かすかな機械音が聞こえてきたのは、この場所から抜け出すことができなかったら自分たちはどうなってしまうのだろう、と芳枝が考え始めたときだった。

金属が擦れるような、耳に不快な音だった。

「なんでしょうね、あの音」

芳枝が問うと、豹が振り返った。ランタンの明かりのなかで、表情が硬くなった。目を細めて後方を凝視している。

音は続く。神経に障る摩擦音だ。芳枝は歯車の回転を想像した。ゴーッとなにかが噴き上がる音も交じる。空気の震えが伝わってくる。地響きもする。音は絡み合い、こちらに向かってくる気配だ。

「まずいな」

豹がランタンを消した。光の繭は闇に吸いこまれた。

「火炎樹の国でも、夕焼けの国でも、ボクはこの音を聞いています。ボクらを追っているのでなければいいのですが……たぶん、戦車のキャタピラの音です」

「戦車！」

芳枝が掌を口に当てた瞬間、光と音が同時に炸裂した。稲妻が地を割って飛び出したかのように、炎の塊が縦に走った。空間を曲げるほどの轟音《ごうおん》が芳枝と豹を直撃した。芳枝は前方に身を投げ出した。その真上を、闇を割りながらなにかが飛んでいった。空気が切れる音が、這いつくばる芳枝の背中に線を描いた。芳枝は両耳を手で押さえた。

ドーン！

前方で爆発が起きた。光の玉が弾け、すさまじい音が波となって襲いかかってきた。振動は芳枝の内臓をも揺さぶった。頭の芯まで叩かれたようで、闇空に上がっていく炎の球体がぼやけて見えた。

芳枝の横で、デイパックを背負った豹も倒れこんでいた。白髪頭が灌木の根に挟まっている。あたりが突然明るくなり、その姿が芳枝にははっきりと見えた。後方から強い光が射しこんでいる。ひどくまぶしい。

「逃げよう！」

豹が芳枝の腕をつかんだ。立ち上がろうとした芳枝はもがくことしかできない。力がどこにも入らない。息ができず、胸が苦しくなる。

「さあ！」

引きずられるようにして、芳枝は前へつんのめった。腰が抜けたため、足がくにゃくにゃと曲がる。しかし芳枝は目をつぶらなかった。投射された強烈な光によって、自分たちがいる場所を初めて知ったからだ。

荒涼とした地に、焼け焦げた装甲車があった。兵士のものらしきヘルメットが転がっている。

芳枝の手を引いて走ろうとする豹も、目を大きくして浮かび上がった光景を見ている。戦場じみた場所に迷いこんでいたなんて、二人とも想像すらしていなかった。

機械の回転音が近づいてくる。ゴーッと響いているのは戦車のエンジン音に違いないと芳枝は思った。

豹は芳枝の腕をつかんだまま、川の方へ走りこんだ。砂利が盛り上がっているところで芳枝は再び転んだ。荒く息を吐きながら、芳枝は自分の腕から豹の手を振りほどこうとした。豹はしかし、芳枝を離さなかった。強引に引きずり、さらに水際に向かった。

川は砂利の山よりも一段低い場所を流れていた。追いかけてくる戦車のサーチライトからは陰になった。水辺にはちょうど、流木に絡まった形で、なにかの木の枝が盾のように立ち上がっていた。

豹は芳枝を引っ張ったまま、そこに身を隠した。機械音はどんどん大きくなってくる。頭上を照らすサーチライトの光もより強くなった。

「なぜ追いかけてくるの？」

芳枝にしてみれば当然の問いだった。

「いつの間にか巻きこまれたようです、戦争に」

「戦争！」

どうして、と芳枝が言い返そうとしたとき、再び光と音が炸裂した。空気の爆ぜる振動は砂利の山を揺らした。二人の体が浮くほどの轟音だった。頭を殴られたようなショックがあり、芳枝はなにも聞こえなくなった。

照らされた川面で爆発が起きた。白い水煙が噴き上がる。砲弾が川に向けて撃ちこまれたのだ。

芳枝は悲鳴をあげたが、ヒューとのどが鳴るだけで、声にはならなかった。芳枝の脳裏に、父の勲《いさお》の顔が浮かんだ。病院のベッドで芳枝を見つめていた父は、陸軍の一等兵として、大陸でも島々でも戦った人だった。

この恐怖を、あの人は何度も体験したに違いない。いや、と芳枝は瞬時に自分の誤りを思った。

彼は、恐怖を与える方でもあったのだ。

戦車のキャタピラ音が止んだ。エンジンらしき音も低くなった。ただ、二人の頭上を射し貫く光だけは強いままだった。

ビッ、とあたりが一瞬震え、人の息づかいを拡大したような音が放たれた。

「お前たちは逃げられない！」

いきなりだった。威丈高な男だ。マイクをつかんで叫んでいるのだろう。戦車に拡声器がついていることを、芳枝は初めて知った。

「次はお前たちに向けて撃つ！　死にたくなければ出てこい！」

流木に頭を押しつけていた芳枝と豹は、わずかに顔を上げた。

「どうしたらいいの？」

「隠れていよう」

うなずき合ったその瞬間、空気を切り裂く音とともに、二人のすぐそばの砂利が宙に舞った。芳枝は粉砕された砂利を全身にかぶった。怖くて息ができない。

「領土を侵略したお前たちを許さない！　出てこい！」

男は繰り返した。

「降伏せよ！　無視をすればいっそうの悲劇が訪れるだけだ！　出てこい！」

わざわざ撃たれに出ていくはずがないじゃない！

芳枝は強い憤りと恐怖で、意識が遠のきそうになった。豹が芳枝の腕をつかむ。

「ここにいよう」

芳枝は砂地にあごをめりこませてうなずいた。

「降伏せよ！　お前たちが出てこないなら、人質を一人撃つぞ！」

芳枝と豹が互いの目を見合った。

「こいつは子どもだが、侵略者だ。さあ、子どもを撃つぞ！」

芳枝が顔を上げた。頬やあごから砂が落ちる。

「今、子どもって言った？」

「そう聞こえた」

豹も腕を突っ張り、半身を起こした。

「お前たちのせいで、子どもが一人犠牲になる。これが侵略者の末路だ」

芳枝が立ち上がった。怒りで目がくらみそうだったが、足腰の感覚は戻っていた。豹も腰を上げた。

「あたま、来た」

芳枝は大きく息を吸った。肺が自然と戦いの準備をしだした。

「豹さんはここに残って。私、一人で行ってくるから」

「ボクも行くよ」

褐色の瞳のまわりがわずかに緩んだのを芳枝は見逃さなかった。この人、こんなときに微笑むのだと思った。

芳枝はもう一度深く息を吸うと、両手を上げて砂利の山の斜面に足をかけた。不思議ともう怖くはなかった。

強烈な光を浴び、芳枝は前が見えなくなった。光源から目をそらし、下を向きながら歩いた。

砂利の山を越えると、戦車はちょうど正面にあった。ただどういうわけか、強烈な光を放っている割には、濃淡のある靄にでも包まれているかのように、戦車はときおり朧《おぼろ》げにかすんで見えた。

ハッチから、深緑の軍服の男が上半身を現していた。軍帽の下の男の表情までは窺えなかった。男は手にしたマイクを車内に投げ捨てた。ゴン、とスピーカーが耳障りな音を放った。

「よし、お前ら、こっちに来い」

見えたりかすんだりする戦車から、男がハッチをまたいで降りてきた。硬そうな軍靴が砂利を鳴らした。芳枝と豹は両手を上げたまま戦車に近づいていった。

「すいません、あなた、なにか勘違いをしています。私たちただ、川岸を歩いていただけなのですよ。子どもを捜して……」

「うるさい！」

芳枝の声を遮ると、軍服の男は腰のホルスターからピストルを抜いた。

「いや、あのですね……」

「うるさい！」

口を開こうとした豹に男は銃口を向けた。「侵略者につべこべ言う権利はない」

芳枝は負けなかった。

「どうして私たちが侵略者なのですか？」

「ここが、我が領土だからだ」

「そんな……だって、みんなの川原じゃないの？」

「口ごたえするな！」

銃口が芳枝に向いた。頭に血が上りそうになったが、芳枝は言葉を止めなかった。

「あなた、さっき、子どもの人質って言いましたよね。私たち、男の子を捜してここまで来たんです。その子は、どこにいるの？」

ああ、と男は傲慢な態度でうなずき、かすんだり現れたりする戦車の背後に回った。一本の綱に手をかけ、ピストルを手にしたままそれを引っ張った。

ずるずるとなにかが引きずられてくる。やがてサーチライトから漏れる光のなかに物体が浮かび上がった。木製の小さな船だった。そこに一人の子どもが乗っていた。丸刈りの男の子だ。捜していたあの子ではない。こちらの子は十歳くらいで、古びたシャツを着ている。両手を胸の前で縛られ、目を瞬かせながら芳枝たちを見ている。

「なんで、こんなことをするの？　私たちはすぐにここから出て行きますから、その子を放してやってください」

「バカな！」

男がまた芳枝に銃口を向けた。

「お前たちが降伏した以上、生かすも殺すもこっちが決めることだ！」

軍帽の下の男の表情を、芳枝はようやく見て取れるようになった。不思議なことに、その顔は目にするたびに変わっていくように思えた。豹が芳枝にだけ聞こえるような声で、

「独裁者の図鑑だ」とつぶやいた。

「じゃあ、どうしたらいいのですか？　どうしたら、その子と私たちを解放してくれますか？」

男の目が歪《ゆが》んだ。数秒前とはまた違う顔だった。

「侵略者と約束などしない」

侵略の意志などないといくら言い張ったところで、この男には通用しない。一か八かだと芳枝は思った。

「それなら、私が人質になります。だから、その子を解放してあげてくれませんか」

男が刺すような目で芳枝を見た。

「お前が人質になることに、どんな意味がある？」

「話し相手にはなりますよ」

「バカな！　無意味この上ない」

男があざけり笑った。いつの間にか彼の鼻の下にはヒゲが生えていた。

「たしかに、あなたにとって私は意味がないかもしれません。でも、それなら、戦うことには意味があるのですか？」

男がうなずいた。

「領土とは、人民が生きていくための土台である。その領土を守るために、いったいどれだけの貴い血が流されたのか。男たちはこの土地のために戦いに臨み、名誉の戦死を遂げた。だれもが心からの思いで、命を投げ出した。これ以上切なく、また美しい行為があろうか。すべては人民のための行為なのだ。戦う心ほど尊いものはないのだ」

自らの言葉に酔ったのか、男は胸に手を当て、星空を仰ぎ見た。豹が人質の男の子の方へ移動していくのが芳枝にはわかった。

「自国の民を飢えさせてはいけない。そのためにも、選ばれし兵士たちは身を投げ出す。いかなる敵であろうと、私たちはここを守るために最後の一人になっても戦うのだ」

「その前に、まず話し合いをしましょうよ」

豹が男の子の縄を解いてやっている。芳枝は話を引き延ばそうとした。

「お前はバカか！」

男が鋭い声で一喝した。

「話し合いで済むなら、どこの国にも軍はいらんわ」

いきなり豹が飛び出してきた。口を尖らせている。

「ここで侵略者との戦いが起きているなら、ジャーナリストだったボクが知らないはずがないですよ。いったいその、侵略者という奴はどこからやってきたんですか？」

「すくなくとも、今こうしてお前たちが侵略してきている。こんなことが起きるから、武器を増やさなければいけないのだ。この土地を守る、この海を守ると一度決意したら、熱情のままに戦いの準備をしなければいけない！」

豹が首を激しく横に振った。

「そういう理論もあるかもしれません。でもボクの直感で言わせてもらうなら、結局あなたは、戦争を好んでいるだけじゃないのですか？　平時の社会で穏やかな生活をすることにあなたは生き甲斐を感じられない。だからわざわざ敵を作る。しかも、従順な者たちを兵士にして、戦場に送りこんできた」

「なんだと！」

軍帽の下で男の目に火が宿った。

「我が兵士たちを侮辱するのか！」

「若者たちを戦争に駆り立てたのなら、命を侮辱しているのはあなたの方ですよ」

言い切った豹に向けて、男がピストルを構え直した。「やめて！」と芳枝が叫んだ。興奮で顔を赤らめた豹は、「撃つなら撃て！」と自分の胸を指さした。

「あなた、さっきから顔がどんどん変わっていく。歴史上の独裁者の顔が次から次へと現れる。浮かばれずに、こんなところにいたのか」

パーンと破裂音がして、豹の足下の砂利が散った。

「豹さん、もうやめて！」

「いや、これは人類の戦いですよ。今この瞬間の構図が、揺れ動き、さまよう我ら人類の正体です」

いつの間に取り出していたのか、豹がノートを手に取った。

「あなたたちがやっている戦いには勝者がいない。みんな痛恨の涙を流すだけだ。正義の名のもとで、弱い者たち、女や子どもがいたぶられてきた」

再びピストルが火を噴いた。破裂音とともに、豹の靴のすぐそばの砂利が飛び散った。

しかし豹は、広げたノートから目を離さなかった。

「夕焼けの国の、夕焼けの街に、人々があふれ返っている。長く続いた、抑圧の時代の終焉。街の灯りは消えた。ただ、装甲車のライトだけが闇を交差しながら抜けていく」

「独裁者は死んだ。国を牛耳っていた一家が滅んだ。特権階級と秘密警察に押さえつけられていた人々はこの夜を境に自由を得る」

「ニセモノの正義など消えてしまえ。ニセモノの秩序も、それを構築する言葉も消えてしまえ。ニセモノの法律、ニセモノの役人、ニセモノの警察、ニセモノの人民、ニセモノの国家！」

「独裁者は死んだ。鉄の掟に終止符が打たれた。すべての灯りが消えた今、私たちは闇のなかから新しい一歩を踏みだすのだ。私たちは初めて自由を得る。虐殺の恐怖から逃れ、地を這うような生活から、丘に向けて駆けていけるような暮らしを得るのだ。自由を！自由を！　自由を！」

「夕焼けの街は闇に沈んだ。野良犬たちがうろついている。独裁者とともに、国は一度滅ぶ。新しくやり直すために闇に沈むのだ。だが、装甲車のライトが照らす通りの片隅で、一人の男の子が泣きながら突っ立っている。男の子は子犬を抱え、男の死体の前で肩を落としている」

「泣き腫らした男の子。闇のなかで一つの時代が霧散した。男の子は父の死体の前から去ることができない。今雄叫びを上げようとしている人々が、自由の名のもとに殲滅《せんめつ》した独裁者の手下。夕焼けの街に勝者はいない。ただ、男の子の、止まらない涙があるだけだ」

豹がそこでノートを閉じた。

「あなたが武器を手に取りやってきたことは、どんな結果になろうと人を笑顔にはしない。ボクは、歴史には記されない歴史から、いやというほどそのことを学んできた。無様なのはあなたのような考えで終わってしまった人間だ。さあ、ボクたちはもう行こう」

「行かせると思うのか？　侵略者」

男の顔に笑みが浮かんだ。本当にまずい事態になったと芳枝は身を硬くした。この男の頭のなかには、もはや「領土」という言葉すらないようだった。丸腰の者をいたぶろうとしている。芳枝にはそれがわかった。男が銃口を豹の顔面に向けた。

「お前らの無礼な言葉のせいで、私は自分の使命をよりはっきりと理解した。いいか。この世を支配しているのは力なのだ。武器を持つ者にはだれも勝てない。それを最後に学ばせてやろう」

豹は逃げずにいる。男のピストルをじっと睨みつけている。

「いい加減にしなさい！」

芳枝は男に砂利を投げつけた。考えての行為ではなかった。ただ、芳枝のなかで堪えていたものが爆発したのだ。それはこの男への怒りだけではなかった。若い頃からずっと溜めこんできた憤り、そのすべてだった。

砂利は男の腕に当たった。男は舌打ちし、ピストルを芳枝に向けた。

「石を投げたな。お前も、武力を認めているんだな」

男は銃口を向けたまま芳枝に近づいてきた。

「侵略者が死ぬだけだ。なんら問題はない」

芳枝は息ができなくなった。男は本当に撃つ気だ。それがわかった。

こんなところで私、死ぬんだ。

芳枝は目をつぶった。幼かった頃の健太郎の笑顔が脳裏に浮かんだ。

パーン！

耳元の破裂音で芳枝はへたりこんだ。撃たれたと思った。だが、体に痛みはない。芳枝は目を開けた。

一頭の黒豹が男のひざに咬《か》みついていた。男はひっくり返り、ピストルで黒豹を殴打しようとした。黒豹は前脚で男の顔面を引っ搔《か》いた。男はうなり、ピストルを連射した。

パーン！

パーン！

黒豹が男の体から転がり落ちた。砂利の上で二転三転し、立ち上がろうとしたが再び転がった。どこかを撃たれたようだった。

顔面から血を流しながら、男がゆらりと立ち上がった。倒れた黒豹に男はピストルを向けた。黒豹は大きな口をあけ、牙をむき出してみせる。男はピストルを黒豹の頭に向けた。

「お前ら、許さん！」

芳枝は悲鳴をあげた。

パーン！

破裂音が空気を引き裂いた。ピストルを持ったまま、男が前のめりにどっと倒れた。黒豹は男の体の下から這い出た。砂利の上に軍帽が落ちた。男はうなりながら体をよじっている。自分を撃った者を見ようとしている。

蜃気楼のように見え隠れする戦車の前に、丸刈りの男の子が立っていた。彼の手には別のピストルが握られていた。男の子は口をあけ、肩を上下させている。

「さあ、こっち！」

半ば腰が砕けたようになりながら、芳枝は男の子に駆け寄った。うなりながらも男が立ち上がろうとしていたからだ。男は鬼の形相だった。砂利に落ちたピストルを拾えれば、すぐに撃ち返してくるだろう。

男の子の手を引っ張り、芳枝は靄に包まれたような戦車の裏側に回った。サーチライトの陰になる。そこなら身を隠すことができそうだった。だが、芳枝はすぐに踵《きびす》を返した。黒豹と化した豹は撃たれたまま、男のそばで苦しんでいた。デイパックや鞄も放り出したままだ。

芳枝は再び戦車の前方に躍り出た。光のなかで軍服の独裁者と黒豹がもがいていた。あともうすこし這えば、男は落ちたピストルを手にできそうだった。どこにそれだけの力が残っていたのか、芳枝は走りこんでピストルを手にし、その重い鉄の塊を川の方へ投げこんだ。

腰を押さえた男がなにやら叫びながら石を投げてきた。石は芳枝の腿に当たったが、痛みは感じなかった。

「豹さん！」

芳枝はデイパックを背負うと、ぐったりしている黒豹に駆け寄った。

黒豹は褐色の目で芳枝を見つめた。大きく開いた口からは苦しげな息が漏れている。

「いっしょに行こう、豹さん」

人間と変わらない体重を持つこのどう猛な生き物を、一人でどう支えればいいのか、芳枝にはまったくわからなかった。黒豹の前脚をつかみ、引きずろうとしたがどうにもならない。撃たれた傷が痛むのだろう。黒豹は胸まで震わせてうなり続けた。

「オレ、てつだう」

男の子が飛び出してきた。黒豹のもう一本の前脚を彼が引っ張ってくれた。ようやく黒豹はずるずると引きずられ始めた。

この子がいなかったら……。芳枝はまず男の子に「ありがとう」と告げた。この子を安全な場所に帰してあげなければいけないとも思った。

「あなたのお家はどこ？」

黒豹を引きずりながら芳枝は聞いた。男の子は首を左右に振った。

「うち、ないよ」

「じゃあ、あなたのお父さんとお母さんは？」

「もう、おやはいません」

また！　芳枝の頭のなかが白くなった。では、この子も。

郵便はがき

おそれいりますが
切手を
お貼りください

102-8519

東京都千代田区麹町4−2−6
株式会社ポプラ社
一般書事業局　行

お名前	フリガナ	
ご住所	〒　　-	
E-mail	@	
電話番号		
ご記入日	西暦　　　年　　月　　日	

上記の住所・メールアドレスにポプラ社からの案内の送付は必要ありません。□

※ご記入いただいた個人情報は、刊行物、イベントなどのご案内のほか、お客さまサービスの向上やマーケティングのために個人を特定しない統計情報の形で利用させていただきます。

※ポプラ社の個人情報の取扱いについては、ポプラ社ホームページ（www.poplar.co.jp）内プライバシーポリシーをご確認ください。

ご購入作品名

■この本をどこでお知りになりましたか？

□書店（書店名　　　　　　　　　　　　　　　　　　　　）

□新聞広告　□ネット広告　□その他（　　　　　　　　　）

■年齢　　歳

■性別　　男・女

■ご職業

□学生（大・高・中・小・その他）　□会社員　□公務員

□教員　□会社経営　□自営業　□主婦

□その他（　　　　　　　　　）

ご意見、ご感想などありましたらぜひお聞かせください。

ご感想を広告等、書籍のPRに使わせていただいてもよろしいですか？

□実名で可　□匿名で可　□不可

一般書共通

ご協力ありがとうございました。

「オレ、たいようをさがしに行くんだ」

「あなたも、なの？」

「うん。みんな、たいようをさがしに行く」

「どこに？」

男の子は自信のありそうな顔をしてみせた。

「たぶん、川をながれていけばいい。そこから、うみをわたる」

「海を？」

男の子は、戦車の傍の小船を指さした。

「くろひょうも、ふねにのせてやろう」

芳枝はまじまじと、丸刈りの男の子の顔を見た。

「あれに三人？」

「うん」

「あれ、浮くの？」

「わからない」

男の子は体を揺すり、勢いをつけて黒豹を引っ張る。芳枝は戦車の前にランタンを置いてきたことに気づいた。

でも、それを取るために引き返そうという気にはならなかった。

8

件名：回答

徳丸芳枝様

今回はあなたにも多くを書いてもらいました。驚きました。芳枝さん、経験がないはずなのに、戦場を描写することが可能なのですね。独裁者の図鑑のような男に、あなたが言葉で向かっていくところ、あそこは痛快でした。人類というものに対する、ボクの気持ちも追加で書かせてもらいましたが。

豹さんがついに黒豹になってしまうところもこの場面でよかったと思います。

あなたがメインライターとなってくれたことで、物語に弾みがつきました。

ただ、物語以前に、ボクの体調がよくありません。

撃たれた黒豹と同じで、ボクも今、普通の状態ではないのです。たったこれだけの文なのに、休み休み書いています。どうもなんだか、この先が見えません。

だからその前に、本当のことを記しておきます。あなたが以前、疑問だと書いてくれたことへの回答です。

たしかに高校時代のボクは、危険な場所におもむくような人間には見えなかったと思います。運動はまるっきりだめでしたし、体育の剣道ですら逃げ腰になっていました。野球のボールだって怖かったのです。これはもう小学生の頃からです。

ボクは生まれつき、臆病だったのだと思います。クラスメートが殴り合いの喧嘩をしているのを見ると、耐えられなくて泣きだしました。それくらい弱虫だったのです。

でも、ボクの名前は「豹太」です。豹のように俊敏で、強くなれと、父がつけた名前です。実家ではこの物語と同じで「豹さん」と呼ばれていました。

初めて会う人はみんな、喧嘩の強そうな名前ですねと言いました。しかし他人を殴打することなどできない人間であることは自分でもよくわかっていました。名前と人格が全く違う。そのギャップにずっと苦しんできたのです。

自分はネコ科の肉食猛獣ではない。むしろ草を食んで寝転がっているような温厚な生き物なのだと思っていたのです。

しかし、ボクはやはり男でした。しかも、男はこうあるべきだという昔の教育から逃れられなかった人間なのです。

ボクの父は整備兵でしたので、撃ったり撃たれたりはしていません。しかし、やはり軍人でした。戦いを避けようとするボクを父は認めませんでした。何度、鉄拳制裁をくらったかわかりません。その反動でしょう、男性的なイメージ、特に武力を肯定する者たちへの嫌悪がボクのなかに宿りました。そして、こうした粗野な心に対抗できるものは芸術しかないという思いに至ったのです。それで文芸部に入り、反戦運動などにも熱をあげていたというわけです。

でも、それはボクの一面に過ぎなかったのです。人間はそう単純にはできていないものなのですね。

三十代後半でベルリンへ飛び、チェコスロバキアの民主化運動を取材しました。ボクは毎晩、十万人規模のデモに加わり、ときには威嚇してくる警官や兵士に抗いながらも、世界史上の大きな分岐点に立ち会っている興奮に震えていました。

そのときに、理屈を超えた欲望を感じたのです。もっと激しい場所に行きたいと。

それは、独裁大統領とその妻が処刑されたばかりのルーマニアでした。内戦はほぼ終結していたようでしたが、ブカレストに入れば、よりリアルな戦場の匂いを嗅ぐことができるのではないかと思ったのです。

今、そのときの心理をうまく説明することはできません。

ただ、ずっと抑えこんできたなにかが、突き上げるように現れたのです。停電のブカレストに向かう際、怖くなかったと言ったらうそになります。でも、ボクはようやく「豹」になれると思ったのです。

ああ、ごめんなさい。

ここまで書きながら……ボクの体力がついていきません。目をつぶってじっとしていても息が苦しいのです。肺をかなりやられているのでしょう。それに、のどの出来物のせいでしょうか、咳に血が混じるようになりました。今夜はうつぶせ寝をしてみますが、もしボクからの返信がなくなったら、そのときは察してください。

でも、たとえ別れの日が来ても、この物語は最後まで書き上げてくださいね。

問えば答えが出ると信じていた頃の、ボクらの純真な約束なのですから。

大島豹太

件名：必ず書き上げます。

大島豹太様

つらいのですね。

心配です。

体調が上向きになるまで、執筆はすこし控えましょう。なるべく楽な状態で過ごしてください。

私は病室を出て、豹さんと本当に再会できる日が来ることを祈っています。心からあなたを応援しています。一日ずつをなんとか乗り越えてください。

添付ファイルで以前いただいたルーマニアでの詩物語も、あのように抜粋して使わせてもらいました。

ところで、私も今、かなり苦しいです。熱が下がらないばかりでなく、背中の痛みがずっと続いています。私も休みを取ることが必要なようです。

私、豹さんを臆病だと思ったことなんて一度もないですよ。ただ、男子が野球やラグビーに夢中になって校庭で走り回っているときに、豹さんは一人離れて花壇のベンチで本を読んでいましたよね。

群れない人。普通の男性よりもずっと落ち着いている。それがあの頃の豹さんのイメージでした。文芸部での討論でも同じことを感じました。軍事を煽る勢力はもちろん、軍縮を謳う団体であっても群れれば人のなにかが失われるのだと、豹さんは一人で主張されましたね。一人でいることが大事なのだって。

それに豹さんは、大人でも子どもでも楽しめる、心から安らげる作品を書いてみたいって、私に語ってくれましたよね。だから、戦場取材をする人になるとはどうしても思えなかったのです。

でも、豹さんのなかにも、危険地帯に乗りこんでいきたいという欲求が眠っていたのですね。それが男性的であるかどうか、そう簡単にまとめてしまえるようなことではないと思いますが。

私たち、学校からいっしょに帰ったり、作品や手紙の交換をしてみたりといった可愛い付き合いでした。でも、本当はあの頃から、知って欲しい、わかって欲しいことが互いにあったのではないでしょうか。だから、未来への約束という考えに発展していったのだと思います。

私、父に人生を翻弄されたのです。

亡くなった私の夫は、父が連れてきたのです。会社の取引先に有能な若者がいるから、すこし付き合ってみないかって。見合いじゃない、恋愛をすればいいんだって。さも自由思想の体現者であるようなふりをして、私の結婚を決めにかかったのです。

ああ、父と夫への不満を並べだしたら、一週間書き続けてもたぶん終わらないと思います。

ただ、私の人生がおかしくなってしまった父の言葉、いえ、それは私からの言葉でもあるのですが、それはそうしたレベルの愚痴で済む話ではないのです。

また今度書きますね。その言葉を記すためには、体力と心の力の双方が必要なのです。

私もこれだけの文を書くのに、半日かかりました。この病気が治るという確信があるなら、なにもかも後回しにしたい気分です。

でも、私もこの先がないような予感があります。だから急いでいるのです。

ごめんなさいね。とにかく無理をせず、毎日を乗り越えてください。

徳丸芳枝

件名：本当のこと

徳丸芳枝様

具合はいかがですか。

それぞれの人生に、険しい山や深い谷があるものですね。ボクらの父親世代は、国のために命を捨てるのが当たり前だと思っていた人たちですから、戦後の空気のなかで勝手なことばかりするボクらへの違和感は当然あったでしょう。もちろんボクらにも反発心がありました。戦いを回避して、新しい世界を創っていくこと。それがボクらの理想でした。

でも、ボクの本心を語るなら、戦うことが怖かったのです。

実際、ボクは自分のことを情けない奴だと思っていました。戦えない自分への劣等意識が、結局は溜まりに溜まって爆発し、戦場へ向かわせることになったのだと思います。

ルーマニアの旧体制が崩壊に向かったとき、独裁者の親衛隊である秘密警察のスナイパーたちは、デモ隊に向けて発砲できる場所に立てこもりました。国軍よりも優秀な武器を持っていたようです。

デモ隊に向け、スナイパーはまず一発撃ちます。ダムダム弾という象さえも倒す特殊な弾です。人が弾け飛びます。悲鳴があがります。今度はデモ隊のなかにいた別のスナイパーがポケットから銃を水平に撃ちます。至近距離から撃たれた人の肉体は飛び散ります。すぐそばに敵がまぎれこんでいることを知り、デモ隊は散り散りになって逃げようとします。ビルに立てこもっていたスナイパーはそこに向けて銃弾の雨を降らせます。自由という曖昧な概念を振りかざして、二度と彼らが支配者にたてつかないように。

これは、ボクが取材をしたブカレスト市民から聞いた話です。ボクは秘密警察からテレビ局を守る国軍兵士と行動をともにしましたし、独裁者の別荘になだれこむデモ隊にも加わりました。しかし、すでに戦闘はほぼ終了していて、スナイパーの銃撃は、実際には一度も見なかったのです。

そのとき、ボクがなにを考えたかわかりますか。次は、戦闘に間に合うように行くべきだと思ったのです。人の命がけの戦いを見届けたいと強く欲したのです。その後、ボクは南米の紛争地を巡り、そしてとうとう、カンボジアの地雷原へと入っていきます。新しい歴史を書くのだという思いはありましたが、ボクは本当のところ、戦いの傍観者であることを望んだのだと思います。つくづく卑怯な男なのです。

この苦い思いを、今まで隠していました。二人で物語を書く以上、本当のことを明かすべきだと思ったので伝えます。

さて、うつぶせ寝が効いているのでしょうか。呼吸の苦しさはつきまといますが、今日はすこしだけ楽です。あなたにも安眠できる夜が来ますように。

大島豹太

件名：私も本当のことを。

大島豹太様

豹さん、ご自分のことを卑怯だなんておっしゃらないでください。認めにくい自分に出会ってしまうことはあるものです。でも、豹さんには、世界各地を歩いて生まれた詩物語があります。あの一連の本のおかげで、歴史にはならない歴史を知った読者がたくさんいるはずです。私もその一人です。私は豹さんの本のおかげで世界を旅させてもらいました。歴史のなかにも入りました。

豹さんが本当のご自分を告白してくださったのですから、お伝えしていた通り、私もそうします。父の言葉、私の言葉です。

人生五十年とは昔よく言ったものですが、私の父もその年齢を過ぎたあたりで病に倒れました。調子がわるいと言いだしてすぐに入院、それがよくない場所にできていると発覚してから三ヶ月ももたなかったのです。

急激に痩せ、始終つらい声を漏らすようになった父は、それでも私の顔を見るたびになにがしかの言葉を残そうとしました。

私、豹さんにきちんと説明をしていませんでしたが、短大を出たあと、父の計らいで食品会社に就職したのです。事務職での採用でしたのに、宣伝部の仕事も手伝わされるようになりました。大変忙しく、残業や持ち帰りをしても終わらず、父の薦めで付き合うようになったその後の夫ともなかなか会えない日々でした。でも、父が去っていく予感がありましたので、多忙をかいくぐって病院に通いました。

「申し訳ないねえ。こんなに早く旅に出ることになるとは思わなかった」

父の日々の衰えははっきりとわかりました。母に口のまわりを拭いてもらいながら、私に詫びようとするのです。私は治る病気だと言って父を励ましました。

父は苦しい表情の合間に、すべてを受け止めたような静かな眼差しで私を見ることがありました。患者本人への告知は一般的ではなかった時代でしたが、父は自分がどんな病に侵されていたのかを知っていたのです。母が伝えたからです。

父は普段、ほとんど笑わず、また、昔のことはいっさい語らない人でした。でも、どういうわけか、病室でそれを始めたのです。戦場で飲んだ泥水の味や匂い、砲弾が炸裂する音のすさまじさ、輸送船の横をすり抜けていく魚雷の航跡など、戦争の断片的な記憶を、言葉を選ぶようにして語りだしました。そんなとき、父の視線は病室の天井に向かっていました。私は思いました。この人の目のなかには、言葉をあてがうことができない光景がまだたくさん残されているのだろうなって。

「つい昨日のことのようだ」

父の語りの締めくくりには、いつもこの言葉が使われました。そして、大事に生きなさい、と続いたのです。

「もう戦争はないから。みんな二度とごめんだと思っている。だから、あんなことにはもうならないから、自由に、大事に生きていくんだよ。人に大きな迷惑をかけてはいけないが、多少はいい。思うままに、手足を動かしなさい。孝雄《たかお》さんといっしょに、歩みたい道を進んでいきなさい」

そんなことを言われたら、伴侶を決められたにも等しいですよね。私は、そこはいい加減なうなずき方をして、「きっと治るから。退院したら、お父さんこそ自由に生きてね」と励ますことで逃げていました。

父のベッドのそばにいた母は、戦争の話を聞いていても感情をあらわにするようなことはありませんでした。病室の窓から見える雲の形や、電線に止まった鳩の数などを普段よりも幾分柔らかな口調で父に話し、すっかり痩せてしまったその肩や腕をさすっていたことを覚えています。

私、母を病室で再認識したように思います。戦場から戻ってきた父は肝《きも》の据わった人でした。でも、肝の大きさは母の方が倍もあったのではないでしょうか。動じないのです。感情の表出を超えた達観が母にはあったように思います。ひとつひとつの現象にはとらわれず、起きていることの向こう側をじっと見つめているような目。それがまさに母の眼差しでした。

実は私の上に、姉がいたのです。その子はたった二歳でこの世を去ってしまいました。ジフテリアだったそうです。最初の子を失ったことで、母はあのような人になったのかもしれません。運命に鍛えられたのでしょう。

でも、その母がさめざめと泣いた夜があるのです。亡くなる間際の父が、ついにそれを口にしたときでした。「戦争は二度とやってはいけない」と繰り返したあとで、「オレは殺人者だ」と言ったのです。

父は学徒出陣で徴兵され、大陸の戦場に陸軍兵士として送りこまれたのです。父はその後に起きたことを、弱々しい声で、目を潤ませて語りました。

「オレは敵を何人も撃ち殺した。兵士だけではない。向こうは一般人を装っていきなり手榴弾を投げつけてきたりするからね、疑わしい者はこちらから撃った。なかには子どももいたんだ。オレは子どもを殺したんだよ。血が噴き出す首を手で押さえて、目を剝いたまま死んでいった男の子の顔をオレは忘れないよ。オレはね、二十五人も殺したんだ」

　父はきっとつらかったのだと思います。戦争が終わったあとも、自分が殺めた人たちを忘れたことはなかったのでしょう。母も知らなかったようで、横でハンカチを使い、涙をぬぐい始めました。私もパニックになっていたと思います。父の人生の一部に戦争があったのではない。父は人生そのものを戦争に横取りされたのだと感じたのです。

「戦争だったんだから、仕方ないじゃない」

　涙ぐむ両親を前に、私はせめてもの慰めでそう言ったのだと思います。父はベッドの上でうなずきました。

「そうなんだ。仕方なかった。あのとき撃たなかったら、こっちがやられていたかもしれない。そうしたら、芳枝、お前は生まれてこなかった。でも、そう考えるなら、オレは二十五の命からつながる末裔の人々までを消滅させてしまったことになる。いくら戦争だったとはいえ、オレの罪は重い。戦争は戦争だが、だからといって、死んでいい人なんか一人もいないんだよ。人をそれだけ殺しておいて、子どもまで殺して、オレは天に召されることはない。暗い闇のなかに、引きずりこまれるだろう」

あれだけ気丈だった母が、父の手を取って号泣しました。個室だったにもかかわらず、驚いた看護婦さんが入ってきたくらいです。

「たくさんの人を殺してしまった」

これが私の人生を揺さぶることになった父の言葉です。

すぐに激昂する身勝手な父を嫌いだと思ったことは何度もあります。でも、殺人者であることを告白した父は、一人の哀れな戦争の犠牲者でもありました。それで私、思わずこう語ってしまったのです。

「お父さんの苦しみは、ずっと受け止め続けないといけないと思う。でも、お父さんにもしものことがあったら、その苦しみは私が引き継ぐから。お父さんが殺してしまった子どもの恨みは私が受け入れるから。お父さんは安心して眠ってちょうだい」

母が絶句して私を見ていました。父は震える手で私の指先を握り、「バカなことを言っちゃいけない。オレの罪は、オレのものなのだよ」と、うっすら笑みを浮かべました。

これが、私の言葉です。私は、亡くなる前の父から、人を殺めてしまった者の苦渋と悔恨を受け継いだのです。

豹さん、言葉は力を持ちます。

それ以降、若き父に撃たれてひっくり返る子どもの顔が、毎晩脳裏に浮かぶようになりました。ああ、私は殺人者の娘なのだ。その思いが、私には重い足かせとなって残り続けました。自分で放った言葉が、世間のきらびやかさとはまったく異なる方向へ、私を引きずり落としたのです。

私には、物語を書いて人を喜ばせる資格などなかったのだと、はっきりわかりました。童話や小説を書くなんて、自分の出自を知る前の夢想に過ぎなかったのです。暗闇に落ちたまま、坦々と日々が過ぎていきました。夫は欲望ばかりで家に寄りつかない人でした。彼と人生を築いていく方法もわかりませんでした。

ほとんどシングルマザーの心境で子育てに挑み、生きるがために始めた店で果実のシロップ水を作り、気づけばこの歳になっていたのです。そして、唯一の肉親であった息子を失いました。

今は、いつ呼吸困難になるのかわからない感染症に襲われ、隔離されています。言葉とは、本当に畏怖すべきものですね。殺人者である父の言葉と、それを受け止めようとした私の言葉はいまだ胸のなかにあり、大きな影を作っています。豹さん、自分の事情を長々と述べてしまいました。お互い闘病中ですのに、申し訳ありません。

徳丸芳枝

件名：ボクの言葉

徳丸芳枝様

心からの告白を読ませてもらいました。

今のボクは返信できる状態ではありませんが、あなたのメールを読んで、覚悟を決めました。ボクからの言葉を、どうしても伝えたくなったのです。

ボクは二つの病気に苛まれており、しかも双方ともにかなり重く、風前の灯火といったところです。のどに出来たものはやはり全身に広がっていたようで、無念ですが、もう治す方法はないそうです。

そこで一つだけ言わせてください。これがボクからの本当の言葉です。

あなたがお父様から受け継いだ苦しみは、ボクが引き受けます。物語のなかで、ボクに渡してください。それできれいさっぱり、あなたはその苦しみを忘れてください。これまで背負ってきたのだから、もう十分です。あとはボクにやらせてください。

もう、キーを打つのもやっとです。これが最後のメールになるかもしれません。でも、互いに、やれることをやりましょう。書けずとも、心で思うことはできます。思うことすらできなくなったら、もう一度子どものような魂に戻り、ただひたすら次の世界へ向けて歩いていきましょう。

健闘を祈ります。

今回の人生、その最後に再会できて嬉しかったです。ありがとう。

大島豹太

9

船は、歳月の川の暗い水面を下っていた。乗っているのは、芳枝と丸刈りの男の子、撃たれた黒豹だった。川の流れは思いのほか速く、戦車のサーチライトはすぐに芳枝の視界から消えた。

空に星はあっても、流れていく船のなかは真っ暗だった。ランタンは戦車の前に置いてきてしまった。灯りはもうなかった。影に溶けた黒豹は芳枝の目には映らず、手探りでの手当てとなった。黒豹の胴にタオルをあてがう芳枝の手は、温かなもので濡れた。

「痛みますよね」

芳枝が声をかけても、黒豹からの言葉はなかった。ただ獣の荒い息づかいだけが闇のなかにあった。

焦燥に駆られながら芳枝は思った。黒豹は獣ゆえに、人の言葉はもう話せないのだ。だが、たくさんの言葉が彼の胸のなかで渦巻いているに違いなかった。それをわかってあげられる方法はないものだろうか。

タオルは黒豹の血で濡れてすぐに重くなった。このままでは失血死することは明らかだった。

「きずをおおって、なにかでしばりつけるしかないよ」

男の子が闇のなかでもそもそと動いた。タオルを引き裂く音がした。

「なにをしているの？」

「タオルを、はでさいている。それをむすんで、長くする。そうしたら、くろひょうの体にまける」

この子はいったいなんなのだろう？　なぜこんな知恵があるのだろう。独裁者を撃ったピストルの構えも堂に入っていた。

「あなた、ピストルを撃つの、怖くなかったの？」

「こわいよ」

タオルに噛みついているのか、くぐもった声ではあったが、男の子は即答した。

「あんな大きな音がするもの、よく手から離さなかったね」

「音はべつにいいんだ。こわいのはね」

声がはっきりした。男の子はタオルを口から外したようだった。

「こわいのは、相手がしんでしまうかもしれないことだよ」

芳枝は額を見えない指でツンと弾かれたように感じた。

「だからオレは、あいつがしなないように、わざとしりをうったんだ。しんでいい人間なんて、ほんとうは一人もいないんだ」

漆黒のなか、芳枝は目を見開いた。息が詰まる。まさか……と、想像したことを自分で受け入れられないでいた。

「くろひょうに、これをまいてあげて」

裂いて結び、長くなったタオルが芳枝の手にのせられた。芳枝は、口に出すかどうか迷った言葉を一度飲みこみ、男の子と黒豹の手当てをした。傷口にハンカチを当て、その上からタオルで巻いていく。黒豹はうなり声をあげ、苦しそうに四肢を震わせた。

男の子が黒豹を撫でた気配があった。

「くるしかったら、ほんとうの自分にもどればいいんだよ」

十歳前後の子どもから放たれた言葉だとは思えなかった。芳枝はいよいよそのときが来たと感じた。

「あなた、戦車の男の人にどうして捕まったの？　それまでどこを歩いていたの？」

「よくおぼえていない」

「覚えてないって、どうして？」

「せんしゃではなくてね、せんそうにとらえられたんだ」

芳枝は唾を飲んだ。勇気を出して、それを聞かなければいけない。

「それであなたは、戦争で、戦ったの？」

「うん。たたかった。人をころした」

真っ暗闇のなかに、小さな波がぶつかり合う透明な音があった。流れていく歳月の川の水音だけが、二人の言葉とともにあった。

「子どもも？」

「うん。子どももころした」

「あなた、お名前は……いさおさん？」

「もう、今はなまえなんてない」

芳枝は空を仰いだ。天の川がきらめいている。

「お父さんなのね」

「うん」

「どうして……」

あとは言葉にならなかった。芳枝は黒豹の傷口を押さえたまま、もう片方の手で丸刈りの男の子の腕に触れた。天の川がどんどん滲んだ。星々が何度も花のように散った。

「お父さん、どうして子どもなの？」

芳枝がやっとそれだけを口にすると、「さあ、どうしてかな？」と、丸刈りの頭が闇のなかで傾いた。


歳月の川が河口に達したことを、芳枝は波音で知った。水面を伝う音だけではなく、大きなうねりが船を揺らすようになった。

「海に出るの？」

「うん」

「私、もう家には戻れないのかな？」

「もどるもなにも、あらゆることは、すすんでいくほかないんだよ」

子どもの声で、丸刈りは親が語るようなことを言った。

「私、こんな遠くまで来るつもりはなかったのよ。ただ、うちを訪ねてきた男の子を保護しなければいけないと思って……捜しているうちに」

「知っているよ」

どういうことかわからず、芳枝は聞き返した。

「どうして、知っているの？」

「さあ、どうしてかな」

彼は、自分からはあまり話そうとしなかった。かつての父親も口数はすくなかったことを芳枝は思い出した。

子どもの姿で出現した父親に対して、芳枝はどう向かい合えばいいのかわからなくなっていた。問いたいことは次々と湧いて出た。しかし、いざ口にしようとすると、浮かんでいたはずの言葉は闇に消えていく。

船は滑るように暗い海を越えていく。黒豹の息づかいから荒さが取れ、芳枝の手の下で規則正しい呼吸が感じられるようになった。出血も止まったようだった。

「ねえ、お父さん」

「うん？」

「黒豹、助かるかな」

「どうかな。早く向こうにつけばいいんだけど」

「向こうって？」

「こっちじゃなくて、あっちだよ」

「それはそうだろうけど……」

空に星が流れた。芳枝は、大火球がもう一度落ちてくればいいのにと思った。わずかでも光があれば、子どもに戻った父親の顔を見ることができる。

しかし、芳枝は予期していなかった現象から父親の存在をより近くに感じることになった。船が海面に淡い光の帯を描いていることに気づいたのだ。

「やこうちゅう、だ」

少年父が横でつぶやき、うねる海面を手で叩いた。彼の掌の形をした光が波間に現れ、揺れながら海中に吸いこまれていった。芳枝もやってみた。夜光虫は同じ反応を見せた。小さな銀河の誕生と消滅がそこにあった。子どもに戻った父親と老いてしまった娘とで、一瞬のきらめく手形を海に繰り返し咲かせ続けた。

「二人でこんなことをしたの、初めてね」

芳枝の本音だった。生前の父親とはあまり遊んだ記憶がない。「うん」と、少年父が横でうなずいた。

「ねえ、お父さん」

「うん？」

「今、何時だろう？」

「さあ、わからないな」

「ねえ、お父さん」

「うん？」

「あなたのお孫さん……お父さんが旅立ってから生まれた私の息子だけれど。健太郎、だめだったのよ。私よりも先に天に召されました」

「うん。ざんねんだった」

「え？」

「知ってるよ」

「どうして、知ってるの？」

「見てたもん」

「どこから？」

少年父は返事をしなかった。

「ねえ、どこから見てたの？」

しばらく間があって、少年父が「よしえちゃん、たくさん泣いたね」とつぶやいた。

「そりゃそうよ。一人息子なんだから」

「よしえちゃんのなみだ、とぎれることがなかった」

芳枝はうなずいたが、涙の理由は健太郎が逝ってしまったことだけに限らないのだと、あらためて思った。

「孝雄さんとの暮らしもね」

芳枝は亡くなった夫の名を出した。

「ああ、たかおさんもはやかったね」

「そうだけど……そうじゃなくて、孝雄さんの性格のことよ。何回も会社を興して、全部潰したのよ。ずっと借金まみれよ。女の影もチラホラあったわ。威勢のいいことばかり言って、外国の大富豪の話ばかりして、家にはまったく寄りつかなかった。私、健太郎を一人で育てたようなものですよ。お父さんがあの人にしなさいって言ったから」

「言ってない」

「言った」

「つきあってみたらって、言ったけど」

「そんなの、暗に結婚しろって言っているようなものじゃない」

「だって、べつにきらいじゃなかったんでしょ」

「嫌いだったら、結婚するわけがないじゃない」

「それなら、それで、一つのじんせいだ」

「そりゃだれだって一つの人生を歩むわよ。でも、もしも伴侶が違う人だったらって、それはやっぱり考えるわ」

「そんなの、かんがえない方がいいよ」

「どうして？」

「フナの子はフナだよ。コイになろうとしてもくるしむだけだ」

「それと、だれと生きていくかは別じゃないの？　選べるんだから」

「そうか」

「お父さんはとにかく勝手だったわよ。私、ずいぶんとお父さんには翻弄されたわ」

「ひさしぶりに会ったのに、なんでそんなにおこるの？」

丸刈りの声が小さくなった。芳枝は自分の口が苦くなった。こんな妙な形であれ、亡くなった父親と再会しているのだ。もっといたわりのある言葉が出てこないものだろうか。

だが、芳枝が自分の態度に戸惑っている時間はそう長くは続かなかった。

真っ暗闇だった周囲の海に、いくつもの光が現れたからだ。芳枝は船から身を乗り出すようにして海を眺めた。

イカ釣り漁船の群れかな？　と最初は思った。しかし、一つの光が近くに寄ってきたとき、芳枝は自分の目を疑った。「大丈夫ですか？」と思わず声をかけてしまった。少年父と同じ十歳くらいの男の子が、たった一人で懸命にボートを漕いでいたのだ。海面に現れた多数の光。その正体は、子どもたちが漕ぐボートだった。

「どうして、みんな……」

「たいようをさがしに来たんだ」

丸刈りが船の縁に手をかけて立ち上がった。たくさんのボートから放たれる淡い光を受け、その顔がうっすらと浮かび上がる。目に力があると芳枝は思った。

やがて芳枝は、星々の輝きが山の形をしたシルエットで切りこまれていることに気づいた。

「あれ、島かな？」

「ちかづいてきた」

「お父さん、ここに上陸するの？」

「うん、たぶん」

ボートの数は増えていた。男の子も女の子も舳先にランプやランタンをのせ、一生懸命にオールを漕いでいる。みんなどこからやってきたのか？　子どもの腕の力でどうやってうねりを越えてきたのか？　芳枝はその光景に吸いこまれたようになり、内側からこみ上げてくるものに身震いをした。なにかが自分のなかで変わったような実感があった。

「がんばれよ、もうすぐだ」

少年父は海に落ちそうになるほど身を乗り出し、横を過ぎていくボートに向かって声をかけた。芳枝もそばで、「気をつけて！」と手を振った。

島に近づくにつれ、光はさらに増えた。おびただしい数の手漕ぎボートがうねりに揉まれていた。

芳枝は腰をかがめ、横たわったままの黒豹の胴に手を添えた。毛ざわりの下で、生き物の体が膨らんだり凹んだりしている。タオルでの応急手当が功を奏したのか、出血は止まったようだった。ただ、この傷では黒豹は歩けないだろうと芳枝は思った。島に上陸するなら黒豹を担ぐか、あるいはどこかで休んでいてもらうしかない。

芳枝は、手を回すようにして黒豹の頭を支えた。すると、彼の頭の下で指がなにかに触れた。冷たく、硬いものだった。少年父が独裁者を撃ったピストルだとすぐにわかった。どうするべきかと芳枝は迷ったが、考えるより先に体が動いた。丸刈りは横を過ぎていくボートを励ますのに忙しい。島の方を向いたままだ。

芳枝はピストルをそっと手に取った。丸刈りから見えない角度でそれを海に落とした。ポチャンと音がしたが、すぐに波に掻き消された。

芳枝は少年父の横に立った。

小さな光が密集し、徐々に島が近づいてくるのがわかる。どうやら船着場があるようだった。


桟橋は、上陸しようとする子どもたちのボートで混み合っていた。なかには接岸する前にボートを降りてしまい、ずぶ濡れになりながら砂浜に上がる男の子たちもいた。

周囲は相変わらずの暗さで、依然として光が必要だった。ボートを乗り捨てた子どもたちはランタンやランプを片手にさげ、もう一方の手で棒やシャベルを持って島のなかへと入りこんで行く。

ゆっくりと桟橋に近づいていく船のなかから、芳枝はこの喧騒を眺めていた。

「まるで、金鉱を掘りに行くみたいね」

少年父がうなずいた。

「きんよりすごいよ。たいようだもの」

それにしてもわからない。なぜこの島にこれだけの子どもたちが集まっているのか。いよいよ船が接岸する段になり、芳枝は少年父に尋ねた。

「この島に、太陽が隠れているの？」

「だからみんな、こうやってあつまってきたんだよ」

「でも、どうしてここなの？」

「どうしてかな。わからないけれど、よしえちゃんはまず、あの人に会わないと」

少年父が桟橋の端を指さした。上陸するのに忙しい他の子どもたちとは対照的に、こちらを向いて佇んでいる一人の女の子の姿があった。笑顔で手を振っている。

「ねえ、お父さん」

「うん」

「あの子、だれ？」

「お母さんにきまっているよ」

「え？」

「お母さんだよ」

波に揺れる船の縁につかまりながら、芳枝は悲鳴にも近い声を発していた。鼻がツンとして、息ができなくなった。あっという間に桟橋の光景が滲み出した。芳枝は震えるのどで声を振り絞った。

「お母さん！」

オカッパ頭の女の子が手を振ってくる。満面の笑みを浮かべ、一生懸命に振ってくる。

「お母さん!」

芳枝は溢れる気持ちを抑えられず、ただ「お母さん!」と繰り返した。

栈橋に降りた芳枝は、自分の胸の高さしかない女の子をひたすら抱きしめた。しばらく言葉もなく、二人とも頰を濡らした。老いた娘の涙は、子どもに戻った母親のオカッパ頭に落ちていった。

「よしえちゃん、よくここまで来たね」

母の依子《よりこ》は手を伸ばし、見上げるようにして芳枝の頰をぬぐった。芳枝は力が抜けたようになり、よろよろとひざまずいた。頭の高さが同じになった。オカッパの母は、「がんばったね」と、芳枝の髪を撫でた。

「どうしてお母さん、ここに?」

少女母はそれには答えず、「けんちゃん、ざんねんだったね」とつぶやいた。芳枝はまたひとしきり泣いた。嗚咽が漏れた。華奢な母親の手を握って離さなかった。

丸刈りの少年父は二人に声をかけることもなく、そばに突っ立っていた。ひくついて苦しそうな芳枝ののどを、少女母がそっと撫でた。

「いっしょに、のぼろうね」

「どこを?」

「火山よ。いっしょにのぼるの」

「私にはそんな……だって、私、七十歳なのよ」

「よくここまで生きたね」

少女母が芳枝の頭をもう一度撫でた。

「自慢できるものなんてなにもないまま、ここまで来ちゃったのよ」

「七十年も生きたって、すごいことだと思うけどなあ」

「そうかな?」

「でも、よしえちゃんは、まだこれからがあるのよ。まず、ここをのぼって、たいようをさがして」

「だから、そんなの無理よ。だいたい私、太陽がどうというより、一人の男の子を捜そうとして……もしあの子が健ちゃんだったらと思ったら……」

また息が詰まり、芳枝は桟橋の板に手をついた。少女母が芳枝の肩を撫でた。オカッパ頭の少女は老いた娘をそっと抱きしめた。

「あ……」

もう泣くまいと歯を食いしばったとき、芳枝はここまで運んできたものを思い出した。

これから火山を登るなら、三人で分け合った方がいい。

「ね、お母さん、のどが渇いていない？　お父さんはどう？」

すこし離れたところからこちらを見つめていた少年父は、小さくうなずいた。

「今、偶然に持っているの。シロップ水」

栈橋には廃屋があった。もとはヨットハウスとして使われていたのか、テラスにベンチがあり、テーブルがしつらえてあった。芳枝はデイパックからタッパーやペットボトル、紙コップなどを取り出し、もともと置いてあったランタンの横に並べた。

少女母が興味津々の眼差しで芳枝の手元を見つめた。オカッパ頭の二つの瞳から星の粉が降ったのを芳枝は見逃さなかった。

「さあ、なんの果実のシロップでしょう」

子どもをあやすような口調で芳枝は言い、タッパーのシロップを紙コップに注いだ。

「まあ、これ……」

少女母には果実の正体がすぐにわかったようだった。目を瞬かせて芳枝に笑いかけてくる。淡い雲のなかに入りこんだがごとく、甘酸っぱい香りが三人を包んだ。

「わかった。きんかんだ」

「お父さん、正解！」

丸刈りの眉がはね上がった。

「オレは、これ、好きだったな」

タッパーから紙コップへとシロップ漬けの金柑が転がり落ちる。水を加えると香りがさらに広がった。芳枝が子どもの頃に出会って以来一度も飽きたことがない、古くからの、そしていつも新しい香りがこれだった。

「ああ、これをもう一度のめると思わなかったなあ」

紙コップから一口すすった少年父が、自分の頭を掌で撫で、目をつぶった。

「よしえちゃん、うまくつけられるようになったね。ゆめのようなあじわいよ」

少女母は芳枝を褒めた。

「きんかんもきっと、シロップのなかでゆめを見ていたんでしょうね」

ああ、子どもだけれど、やはり母の言葉だと芳枝は思った。氷砂糖をダイヤモンドだと言っていた頃と変わっていない。

ありがとう、とひとことあり、少女母の口調がわずかに変わった。

「よしえちゃん、ほんとうによくがんばったね。わたしがきんかんやあおうめのつけかたをおしえてあげたときは、まだこんなに小さかったのに」

自分よりも小さな子どもに接するかのような仕草で、オカッパの母は手を泳がせた。

「たえることが多かったみたいだし」

母の言葉を受け、少年父が暗い海を指さした。まだたくさんのボートの灯りが揺れている。

「よしえちゃんのなみだ、こんなに大きなうみになっちゃった」

「え?」

少年父と少女母が、なんの不思議もありませんという表情でうなずいてみせた。

「どういうこと?」

「だから、そういうことだよ」

「私には、全然わからないな」

芳枝は正直に言うほかなかった。

「今起きていることが、私には全然理解できないの。お母さんとお父さんに会えたことはとても嬉しくて……でも、どうしてみんな子どもなの?」

「だって、しんだら子どもにもどらないと」

丸刈りが、手にしていた紙コップをテーブルに置いた。

「みんな、生きたぶんだけじかんをかけて、子どもにもどっていくんだよ。また生まれてくるその日まで。でも、たいようの光のもとでは、オレたちは見えない。ときどき水になったり、かぜになったりするけどね」

芳枝の口がゆっくりと開いた。目が合ったオカッパの母に、「そうなの？」とかろうじて問うに留まった。少女母は微笑んだ。

「七十歳のままここにいるのは、よしえちゃんが生きているからよ」

周囲ではいまだに次々と子どもたちが上陸してくる。

「だったら、ここに上がってくる子どもたちはみんな……」

「生きたのよ。生きぬいたのよ。だけど、世の中がこんなふうになって、みんなの心からたいようがかくれちゃったから、もうひとがんばりすることにしたの」

少年父が言葉を継いだ。

「生きていても、しんでいても、みんなつながっているんだ。だから、おおぜいでさがしにきたんだよ。たいようを」

芳枝は返事ができないまま、子どもに戻った両親の言葉を理解しようと努めた。わかるような、わからないような話だった。

「でも、持ってきてよかったわ、金柑のシロップ。二人に喜んでもらえて。タッパーにまだあるから、もうすこし飲む？」

少女母が首を横に振った。

「だめよ」

「どうして？　せっかくだから」

「さいごのいってきが、ひつようになるときがあるかもしれないでしょ」

少女母は微笑んだままだったが、有無を言わせぬ口調だった。芳枝にはその言い方が懐かしく感じられた。

少年父は紙コップの金柑を口に入れ、もぐもぐと噛み始めた。

「ああ、あまいけど、にがい」

少女母が笑った。芳枝もつられた。だが、芳枝の目は船着場の灯りの群れを見ていた。

ひょっとしたら健太郎も、あのなかにいるのだろうかと思ったのだ。

10

件名：ごめんなさい

大島豹太様

お加減はいかがですか。

久々のメールです。

豹さんに詩物語やアイデアをいただき、頭に浮かぶまま、イメージが導くままに、私は物語を継いできました。でも、このところは体力の低下を痛感し、書くことをしばらく放棄していたのです。

両脚ともひざから下が腫れてしまい、足の爪の間から出血があったのです。呼吸も苦しかったです。治療のための薬ではないのですが、担当の医師がカンフル剤を打ってくれました。それが効いたのか、今日はすこし楽なので、ようやくパソコンと向き合うことができたのです。ずいぶん間があいてしまって、本当にごめんなさい。

もう一つ、謝らないといけないことがあります。撃たれた黒豹は船のなかでうずくまるばかりです。両親と金柑のシロップ水を飲む場面に、黒豹は出てきませんでした。仲間はずれにしたみたいです。きっと、ひどいなあとお思いでしょうね。

今、私は病室ではなく、倉庫のようなところに寝かされています。ここは臨時でできた隔離病棟で、医師や看護師も感染防止のための防護服を着ています。環境は以前より悪くなりました。だれかの咳やうめき声が常に聞こえてきます。そして残念なことに、毎日のように亡くなる人が出ます。つい先日は、私とベッドを並べている人でした。話したり、携帯電話でメールを打ったりする元気が前日まであった人です。

野戦病院化しているというのは、このような状況のことを言うのでしょうか。

私の目から見ても、医療機器と医師は足りていないように思います。

豹さん、その後の体調はいかがですか。今回の物語の進め方はどうでしょう？

もし、メールを打つことが可能なら、たった一行でいいので、大丈夫だよと教えてください。

徳丸芳枝

件名：豹さん、いかがですか。

大島豹太様

豹さん、もしこのメールに気づかれたら、本当に一行でいいので、どんな言葉でもいいので、私に送ってください。

大陸での戦争がついにいくつもの国を巻きこみ、拡大してしまいましたね。もともと他国から武器の供給があったのですから、すでに多くの国が関係した戦争になっていたことは明白でした。でも、こうなってくると、世界全体が火に包まれるのではないかと不安です。

そうなれば、今を生きている子どもたちには、恐怖と憎悪の世界が残されるだけです。七十年も生きてきて、そんな暗黒の世界しか継がせてあげられないのであれば、それは私たちにも非があるのです。

だからどうしても、消えてしまった太陽を探したいのです。私自身の気持ちとしても、太陽を掘り起こしたいのです。

ただ、問題はこの体です。

今、やっとこれを書いています。

もう無理かな。ほんの数行書くだけで苦しくなって、じっと堪えています。

豹さん、私のメールは届いていないのでしょうか。それとも、物語のなかでの黒豹の扱いがまずかったでしょうか。

ごめんなさい。

徳丸芳枝

件名：ごめんなさい

大島豹太様

おそらくこれが、最後のメールになるかと思います。とうとう歯茎からの出血が始まりました。恐れていたことです。

息もずいぶんと苦しいので、人工呼吸器が使えるようなら、そちらに回されると思います。

最後まで書きたかったな。

豹さん、高校の頃も、そしてこの人生のお開きの日々にもいっしょにいてくれて、ありがとう。

本当にお会いしたかったけれど、それは叶わぬ夢でした。物語のなかで、太陽も昇らせてあげたかった。力、及ばず、でした。

ごめんなさい。

徳丸芳枝

件名：どこかで会えるのかな。

健太郎へ

高校時代の友人と二人で物語を書いているうちに、あなたが今、どこかで私を見てくれているような気がしてきました。きっとつながりは残っているのだと。だから、あなたがかつて使っていたアドレスにメールを送ります。

今、私は入院中です。もう、ひと月以上も前から隔離病棟に入っています。意識が飛んでしまうときもあり、どうも保ちそうにありません。そっちに行ったら、温かく迎えてくださいね。

健ちゃん、でこぼこした、いびつな家庭であなたを育ててしまいました。きっとあなたの胸のなかには、やりきれない思いもあったでしょう。ごめんね。謝ります。

あなたのお父さんは夢がとても大きくて、家でじっとしているタイプではなかったのです。健ちゃんはほとんど、私と二人で暮らしてきたようなものですよね。その私もまた偏屈で、社会にはうまく入っていけない人間でした。ですから、あなたは精神的に本当に苦労したと思うのです。

でも、これだけは伝えさせてください。私は、あなたのことを愛しています。亡くなったお父さんだってきっとそうです。それはあなたが旅立った今も変わりません。

世界はとうとう戦争の時代に突入してしまいました。前の戦争では原子爆弾が使われましたが、今度の戦争でもそうした破壊兵器が試される可能性があります。加えて、この病気です。発生からこれだけの年月が過ぎて、もう下火になったと思ったら、まさかこんな力を持ってよみがえるとは思いませんでした。

健ちゃん、子どもの頃はよくいっしょに川や野原を歩きましたね。ドジョウをすくったりして、あれは楽しい日々でした。

健ちゃん、あなたは先に逝ってしまったけれど、生まれてきてくれて、本当にありがとう。

健ちゃん、もう一度あなたに会いたいです。

芳枝

件名：さようなら

大島豹太様

豹さんは、今どこにいるのかな。

息子への言葉を書いていて、気持ちが新たになりました。

私は、なんとしても、太陽を掘り起こさなければなりません。でも、私の命はここまでかと思います。人工呼吸器、回ってきませんでしたから。

だから、物語のなかに入ります。

書きません。

入るのです。

豹さん、ありがとう。さようなら。

徳丸芳枝

11

これは物語ではありません。私はもう書けないのですから。ただ、太陽を探し、掘り起こす旅を、この心一つでやり遂げようと思うのです。

すでに私は創作者としてではなく、体験者として物語のなかに何度も入りこんでいました。公園のカピバラは手にひんやりとしましたし、男の子と見上げた大火球は、今も網膜に軌跡を残しています。小さな椅子を作り続けていたみずきちゃんの虚ろな表情や、千変万化していく独裁者の顔は、ナマモノの、生きた記憶として私のなかにあるのです。

豹さんとの道行きはもちろん、子どもとなって現れた父と母との再会も、私には実際に起きていることだったのです。私は母の目の輝きに、七十年の生涯すべてをもって打ち震えたのです。

しかし、そうした感慨を得られたのも、私を運ぶ船であるこの体がなんとか持ちこたえていたからです。変異を繰り返したウイルスによって肉体が滅ぼうとしたとき、世界は闇に吸いこまれました。

ランタンの灯りが群れていた火山島は消滅しました。桟橋の横のテーブルで金柑のシロップ水を分かち合った父と母も消えていきました。ことごとく霞み、闇に溶けていったのです。

ただ、機械の音が聞こえていました。私を助けようとしてくれているのか、若い男性医師と女性看護師の声を耳にしました。慌ただしいやりとりが、どんどん落ちていく私の世界の上であり、「ああ、だめだ」と、嘆息に包まれた医師の声が降ってきたのです。

私は闇のなかでひざを抱え、丸く、小さくなっていました。「健ちゃん」と息子の名前を呼びました。もはや全身の疼痛はなく、呼吸ができない苦しさも忘れていました。

そのなかでふと、私の心が大きく転回しました。一瞬にして、世界が変わったのです。火山島に向けてボートを漕いでいた子どもたち。その一人一人が、健太郎だったかもしれないと思ったのです。子どもに戻った父親といっしょに声援を送った無数のボート。そこには男の子も女の子もいましたが、性別などいっさい関係なく、全員が健太郎だったのかもしれないと思ったのです。

ひょっとすると、私を川に導いたあの男の子も健太郎だったのかもしれません。生まれ変わるたびに生き物は姿を変えますが、なかにこもった命は等しいのです。

私は、この世に生まれくるすべての子どもたちを抱きしめたくなりました。こんな感情は初めてでした。そして、みんなが自然と微笑めるように、消えてしまった太陽を探さなければいけないと思ったのです。

ただその思いだけが私の芯となり、闇と同化して静かに回り始めました。体をひねって回っているような、それでいて背伸びをしているような感覚でした。すると、前方がすっと明るくなったのです。いきなりトンネルの出口に辿り着いたような感じでした。子どもに戻った父と母の顔が再び見えました。火山島の風景がそこにありました。

「よしえちゃん、どうしたの？」

ふと我に返ると、オカッパの少女母が芳枝の顔を覗きこんでいた。焦点が合うのを待つかのように、芳枝は目を瞬かせながら母の眼差しをとらえた。

「うん……なんか……」

ほんの数秒だったようにも、長くこの場を離れていたようにも感じる。一度遠くまで出かけ、再びこの席に戻ってきたような感覚だった。テーブルに置かれたランタンやタッパーの位置はすこしも変わっていなかったが、途切れた時間のなかで、世界を描く筆がすり替わったように感じられた。

「ちょっと……眠っちゃったのかな」

「つかれているんだよ。ずっとあるいてきたし、なみだのうみもわたった」

少年父がシロップ漬けの金柑を嚙みながらぼそぼそと話した。「お行儀がわるいですよ」と小声で少女母がたしなめた。親子でこんなふうに過ごすのはこれが最後だと芳枝にはわかった。芳枝の目尻からは温かなものが溢れだしていた。少年父がそれに気づいたようだった。

「よしえちゃん、ごめんな」

「なにが？」

「ほら、オレのことばで、おちこんじゃったことがあったでしょ」

芳枝は鼻にしわを寄せ、丸刈りの少年に本音を返した。

「落ちこんだんじゃなくて、背負っちゃったのよ。お父さんの苦しみ」

「うん、わるかった」

芳枝は首を横に振った。

「だれかが背負わなければいけなかったんだと思う。だって、なかったことにするわけにはいかないわ」

「うん、そうだね」

「私はお父さんの娘だから、あれでよかったのだと思う」

痩せ我慢のセリフだな、と芳枝は自身で感じた。

「お父さん、むしろ、教えてくれてありがとう」

「せんそうでなにをしたかなんて、ほとんどの人は言わないんだよ。ことばにすると苦しいから。みんな、おはかまでだまってもっていく。オレは、そういうみでは、こんじょうなしだったんだ」

ちょっとした間ができた。

少女母は丸刈りに微笑みかけ、「そろそろね」と、腰を上げた。

「お母さん、待って」

芳枝は少女母の腕に触れた。

「私……」

「なに?」

「お父さんがあんなふうに言ってくれて。だったら、私はお母さんに伝えたいことがあるわ」

なにも言わず、オカッパの母は芳枝の顔を見つめた。

「ありがとうって、一度もきちんと伝えたことがなかったような気がする。私、親孝行全然できなかったよね。結婚もあまりうまく行かなかったし」

オカッパの母がクスッと笑った。

「ばかね、よしえちゃん」

「え？」

「おやこうこうって、ちっちゃいときにみんなすませているんだと思うよ。わたしがこおりざとうをもってかえるたびに、よしえちゃん、目をまん丸にしてとびはねてむかえてくれたのよ。おどって、よろこんで。あのころに、おやこうこうはしてもらいました。あなたのけんちゃんだって、そうだったでしょう。おれいをいうのはこっちです。よしえちゃん、ありがとう」

立ち上がった小さな母がぺこりと頭を下げた。オカッパ頭が揺れた。

「お母さん、私……」

芳枝の手を、母がぎゅっと握った。

「さあ、たいようをさがしに行こう」

おう、と丸刈りが立ち上がった。

「それなら、くろひょうをつれていかないといけないな」

テーブルの上を片づけ、芳枝はデイパックを背負い直した。ずいぶんと軽くなった。山登りの負担が減ったと芳枝が感じたとき、先に桟橋に向かっていた少年父が、「わあ！」と声を上げた。

「よしえちゃん、たいへんだよ」

ランタンを持った丸刈りが手招きをする。なにごとが起きたのかと、芳枝はざわつく胸に手を当てて近づいていった。やはり黒豹の血は止まらなかったのだろうか。

「見てみな、びっくりするよ」

父親が船のなかを指さした。芳枝はランタンをもらい受け、覚悟を決めて覗いた。一瞬の間があり、芳枝もまた、「わあ！」とのけぞった。

黒豹はそこにいなかった。見えたのは別の生き物だった。彼は胴にタオルの止血帯こそ巻いていたが、断じて黒豹ではなかった。ネコ科の猛獣は消え、温厚な齧歯類がヒゲを躍らせながら芳枝を見ていた。

「これ、なんという動物？」

遅れてやってきた少女母の問いに、芳枝が答えた。

「たぶん、カピバラだと思う」

「ほんとうのじぶんにもどったのかな」

少年父がそうつぶやいた。

カピバラは突き出た鼻をひくひくさせながら、ゆっくりと四肢で立ち上がった。この巨大なネズミの瞳も褐色だった。ただ、傷が痛むのか、後脚が細かに震えていた。芳枝には「連れていってよ」と懇願しているように見えた。


大銀河を背景に、火山がそびえ立っていた。ボートに乗って上陸してくる子どもたちはなお続いていた。男の子も女の子も灯りやシャベルを持ち、次々と山のなかに入っていく。芳枝は一人一人の子どもの顔が気になってしかたなかった。今やみんなが健太郎だと思えている。だれもが愛おしかった。でも、どこかに本物の健太郎がいるのではないかと思ったのだ。

だが、それらしき面影の子はいなかった。それに、桟橋での喧騒を離れれば、意外にも彼ら彼女らは寡黙であるように芳枝には感じられた。一度は晩年までの人生を経験した子どもたちなのだから、不必要にはしゃぐわけもないか、とも思った。

溶岩が転がる火山灰の傾斜地を、三人は一歩ずつ上がっていった。傷を負ったカピバラも、そのあとをゆっくりとした歩みでついていく。

登山道は灰や溶岩で埋まっていた。七十歳の芳枝にとって、足を取られながらの山登りが楽なはずはなかった。汗が噴き出す。息も切れる。「ちょっと待って」と、子どもに戻った父や母に幾度も休憩を求めた。

他の子どもたちは芳枝たち三人をどんどん抜いていく。しかし、休まなければ芳枝は足が上がらなかった。息を整えていると、「としよりになるまで生きてきたんだ。すばらしいことだよ」と少年父に励まされた。

やがて三人は、火山の頂上部、カルデラの縁に辿り着いた。下の方から仄かな光が漏れていることに芳枝は気づいた。噴火口のなかからだ。なんだろうと縁から覗きこみ、芳枝は言葉を失った。

足下から向こうは巨大な深淵だった。この星に穴が空いているのだとしか思えない途方もないスケールだ。だが、底の方では光がうごめいており、奈落の断崖を淡く照らしていた。

すり鉢状の噴火口壁を伝い、子どもたちが次々と降りていく。それがどれだけ危険なことなのか、専門の知識を持たない芳枝でもわかることだった。

「大丈夫なのかな……」

芳枝がつぶやくと、「生きている人間は、ここからさきはだめだよ」と丸刈りの父が手で制した。そして、「一か八かやってみるか」と少女母を誘った。

「ねえ、ちょっと待って。どう考えても危険よ。お父さんたち、ここを降りていくのはやめて」

少年父は芳枝の顔を見た。

「オレたちにはもう、きけんもあんぜんもないんだよ」

「だってお父さんたち、スコップもなにも持ってないじゃないの」

「こういうのは、きもちなんだよ。きもちでほるんだ」

少年父がランタンを足下に置いた。空いた手を芳枝に差し出してきた。まっすぐ見つめられたので、芳枝はその手を握り返した。記憶にあるゴツゴツとした手ではなく、子どもの柔らかな肌触りがそこにあった。

「たいようがかくれてしまったのは、さきに生きてきたオレたちのせきにんなんだ。しんだからって、一人一人そのままきえてなくなるわけにはいかないよ」

「うん。だけど……」

「いのちはめぐるんだと思うよ。もし、オレたちがたいようをほりおこしたら、あとはよしえちゃんががんばってくれ。なんたって、今、生きているんだから」

どう受け止めればよいのかわからず、芳枝は絶句した。オカッパ頭の母親も芳枝の手を握った。

「ほんとうのたいようは、心のなかにのぼるのよ」

「心の……なかに？」

子どもの父と母がうなずいた。二人は同時に手を振った。

「よしえちゃん、ピストルをすててくれて、ありがとうな」

「お父さん……」

「よしえちゃん、きんかんのシロップをありがとう」

「お母さん、行かないで。もう、太陽のことはいいから、みんなでいっしょに暮らそう」

「だめよ」

「どうして？」

「とめてはいけないの。めぐるのよ」

「でも……」

「よしえちゃん、ありがとう」

父と母、二人同時の声だった。

「待って！」

「さようなら」

断崖を降りだした少年父と少女母を追いかけ、芳枝は噴火口に足をかけようとした。ドンと体に衝撃を受け、芳枝はそこでひっくり返った。カピバラがぶつかってきたのだ。芳枝は暗い天を向いたまま、しばし息を切らしていた。体をひねり、ようやく噴火口を覗いたとき、そこにはもう父と母の姿はなかった。

巨大な深淵の底でうごめく光が、芳枝には滲んで見えた。父と母はいったいどこに行ってしまったのだろうと思った。断崖を降りていく子どもたちの姿がちらほらと見えたが、それは小さな点のようであり、ともすれば崩れていく土くれを見誤っているだけなのかもしれなかった。

芳枝はその場所から動かなかった。カルデラの縁に座り、噴火口の底をずっと覗いていた。カピバラもまた横にいて、ヒゲを震わせていた。

やがて、巨大な穴の底で光がつながり始めた。

「豹さん……」

芳枝はカピバラの背中に手をやった。幾筋かの川のようだった光が絡み合い、呼吸をする生き物のように膨らんだり、縮んだりしだした。芳枝は見た。光は球体となり、とてつもなく大きな卵の黄身のように中央から盛り上がりだした。その周囲には、黒点にしか見えない小さな人々がいた。まばゆい光に次々と飲まれながら、懸命にスコップやシャベルうとしてくれていた。

を振るっている。

「お母さん！　お父さん！」

自分を生み、育ててくれたかつての命が、完全なる消滅と引き換えに、光を掘り起こそうとしてくれていた。

深淵の底で光球が立ち上がった。もはや小さな人々の姿はなかった。光球は噴火口の断崖を真っ赤に照らしながらゆっくりと昇ってくる。不思議と熱さは感じない。芳枝は吸いこまれるように、光球を見続けた。

光がまっすぐに向かってくる。

まっすぐに。

芳枝は目を開けた。

頭上に、星々があった。

あたりは真っ暗だった。

カピバラが鼻先で芳枝の腕を押していた。

噴火口の縁で倒れていた芳枝は、ゆっくりと上半身を起こした。光球は消えていた。カルデラは真っ暗で、小さな明かり一つ見えなかった。星々以外、この世から光は消えていた。

子どもたちが掘り起こしたあの光球はいったいなんだったのだろう。空高く昇り、星の一つになってしまったのだろうか。

芳枝は呆然として空を見上げた。

もはや、父と母はいない。

健太郎にも出会えなかった。

芳枝はなんとか立ち上がり、溶岩に腰かけた。体がひどく重かった。

歩く力が湧いてくるまで、座っていようと思った。カピバラは離れずにいた。鼻を芳枝のひざに押しつけてくる。励ましているつもりなのだろうかと芳枝は思った。

「豹さん、もう、人間の言葉をしゃべれないのね？」

ひざがぐっと押された。

「傷、痛むわよね」

再び押された。

「でも、薬もないし。このまま歩いてもらうしかないのよ。ごめんね」

噴火口をもう一度覗きこんだあと、芳枝はデイパックを背負い直し、とぼとぼ歩きだした。体が重い。子どもたちがあんなに頑張ったのに、光球は消えてしまった。なんの変化ももたらさなかったこの暗い世界が、いよいよ虚しく感じられた。

芳枝は、どこをどう歩いているのかわからないまま、斜面を伝い降りていった。すると古い登山道に出くわしたのだろうか、火山礫がのったベンチがあった。芳枝はそこに座りこんだ。とにかく体が重かった。のどの渇きも尋常ではなかった。デイパックには、シロップが残ったタッパーとペットボトルがあった。少女母の言いつけ通りに手を出さずにきたが、もはや我慢の限界を超えていた。カピバラも口をあけ、暗い空を仰いでいる。

「豹さん、最後の一口、飲んじゃおうね」

鼻から落ちるようにカピバラがうなずいた。

芳枝はランタンの灯りのもとでタッパーのフタをあけた。甘酸っぱさのなかにわずかな渋みが覗く独特の香りが広がった。

二つ並べた紙コップにタッパーを傾けようとした芳枝は、途中で手を止め、その数を三つに増やした。ひょっとしたら、透明になった健太郎がそばにいるかもしれないと思ったのだ。形ばかりでも、健太郎に飲ませてやりたいと芳枝は思った。息子もまた、金柑のシロップ水が好物だったからだ。

芳枝はカピバラの鼻先にシロップ水の紙コップを置いた。カピバラは舌を出してベチャベチャと飲み始めた。

「のどが渇いていたよね、豹さん」

芳枝は紙コップを自分の手に持ち、残りの一つを溶岩の上にのせた。

「健ちゃん、私、本当に、お父さんやお母さんと会ったのかな」

芳枝は宙に紙コップを差し出し、「みんな消えちゃった」とつぶやいた。目尻を指でぬぐい、シロップ水を口に含んだ。甘酸っぱさ、ほろ苦さ、渋み、それらが渾然一体となり、口から鼻へと抜けていった。芳枝は目をつぶり、顔を暗い空に向けた。陽光を受けて輝いていた寧波金柑の畑が脳裏によみがえった。

そのときだった。

風の音がしだした。

透明に渦巻き、芳枝に触れて過ぎていく。

なにか人の話す声が聞こえたような気がして、芳枝は周囲に目をやった。だが、斜面には溶岩しかない。

「豹さん、だれかいる？」

カピバラも首をあげて左右を見ている。

やはり聞こえる。風の音で切られながらもだれかの声が聞こえる。地面がかすかに揺れる。

「言葉はときに……」

どこから聞こえてくるのかわからない声だった。芳枝は身を硬くした。

「言葉はときに、果実となった」

芳枝は思わず手を合わせた。

風の音を超え、その声がはっきりと聞こえた。

「あなたは一粒ずつを大事にしてくれた」

地鳴りがする。

「私をもう一度……」

芳枝は怖くなり、手で顔を覆った。急に息苦しくなった。体の内側が熱い。

「そう、もう一度です」

今度は違う声だった。すぐそばにだれかがいる。芳枝が目を開けると、白衣を着た男性が立っていた。見覚えがある。

「先生、どうして?」

健太郎を出産したときの担当医だった。あのときは緊迫した表情だったが、今は微笑みながら目の前に立っている。

「弱りましたね。また、麻酔を使えません」

「どういうことですか？」

「お腹の太陽です」

「え？」

「胎盤早期剝離です。麻酔を使うと、瀕死の太陽が本当に死んでしまいます。覚悟なさってください」

「先生、ちょっと待って！」

私、そんな年齢じゃないんです。出産なんて絶対無理です。しかも帝王切開なんて！

胸のなかでは叫んでいるのに、声にならない。ベンチの上で動けずにいる芳枝に白衣の医師が手をかけた。

「年齢は関係ないですよ」

芳枝は気が遠くなりそうになった。だが、医師は言う。

「いくつになっても、人は挑むことができるのです」

芳枝の体のなかから強い光が溢れだした。痛みとともに光は交錯する。芳枝は奥歯を食いしばった。「気持ちを強く」と医師が声をかけてくる。芳枝の息づかいが荒くなった。

もう、こうなったら。

芳枝は思った。

もう、こうなったら、やってやる。

その瞬間、カピバラが芳枝のお腹に鼻を押し付けてきた。褐色の瞳で芳枝を見ている。カピバラの内なる意思を芳枝はたしかに受け取った。自らの温もりを芳枝に伝えようとするかのように、カピバラはさらに力をこめてくる。

痛みが芳枝の全身を貫いた。体が裂けるようで、芳枝は悲鳴をあげた。そして芳枝は見た。お腹から球状の光が湧き上がった。太陽はもう一度、懸命に昇ろうとしている。

生きて、生きて、生きて！

再び気を失う寸前、芳枝は心のなかでそう叫んでいた。火山島から見える海がいきなり明るくなった。水平線の向こうに輝く太陽が出現した。海が千々に光っている。青空が広がった。白い雲が浮かんでいる。

陽の光！

岩場に子どもたちが座っている。たくさんの子どもたちが芳枝に背を向け、太陽に手を振っている。

ああ、昇ったんだ。

芳枝の視界が薄らいでいく。だが、芳枝は見逃さなかった。

子どもたちの一人がこちらを振り向き、ピースサインをしてきた。あの男の子だった。

いきなり訪ねてきて、芳枝をこの旅に連れだした前髪が一直線の男の子だった。


「お母さん……」

耳元でだれかが呼んでいる。

芳枝は海のきらめきを眺めていた。

「お母さん……」

きらめきはつながり合い、光の帯となって揺れている。魚が跳ねている。飛沫が虹のように輝く。

頬を伝う風が気持ちいい。

花の香りがする。

芳枝は背伸びをした。

「お母さん……」

あれ、その声は?

健ちゃん?

光る海が消えた。ぼんやりと明るい世界が芳枝を包んだ。

手をだれかが握っている。

どこかの天井が見えた。暖かい風が頬に触る。カーテンが揺れている。陽の光が射しこんでいる。

ベッドの横に健太郎が立っていた。

「よかった、目を覚ましてくれて」

芳枝の手を握っているのは、息子の健太郎だった。ただし、子どもの頃の健太郎ではなく、中年の、おじさん化した健太郎だった。

「あれ、健ちゃん?」

健太郎がうなずいた。

「私……」

「無理しないでよ。ずっと意識がなかったんだから」

「私……」

「メールを見て、びっくりして飛んできたんだよ」

揺れるカーテンから陽光が漏れている。ベッドの脇の棚にはバラの切り花があり、陽射しを受けて花と葉が輝いている。

「太陽……昇ったのね」

「うん」

「もう、隠れていないのね」

健太郎はうなずいたものの、すこし怪訝な表情になった。

「なんか、天気の夢でも見ていたの？」

「夢……見ていたのかな」

芳枝はカーテンの向こうの太陽を感じながら、すこし黙りこんだ。それから、「ああ、違うのよ」と息子に話した。

「私、物語を書いていたの」

「夢のなかで？」

「違うの」

芳枝は一度目をつぶった。子どもに戻った父と母の顔がよみがえった。

「パソコンで、ちゃんと書いていたのよ」

健太郎がベッドの周りを見回した。

「どこにあるの、パソコン」

「どこか、そのへんに……」

芳枝は起き上がろうとした。だが、思うように体が動かせない。

「無理しないでよ。一時は危篤になったんだからね。今日はまだ寝ていてよ」

うん、と芳枝はうなずいた。

「健ちゃん、会社に戻るの？」

「いや、今日はここにいる」

「そう」

「うん」

「私……助かったの？」

「そうだよ」

「健ちゃん、お願いがあるんだけど」

「うん」

「そのカーテンを引いて、太陽を見せてくれないかな」

「太陽は直接見ちゃだめだよ。まぶしいんだから」

「じゃあ、青空でもいいから」

健太郎が窓辺に寄り、病室のカーテンを引いた。芳枝の目に、陽光に輝く青空が飛びこんだ。ああ……と芳枝は声を漏らした。

「太陽、ちゃんといてくれたのね」

「いなくなったら大変じゃない」

健太郎がベッドの横の椅子に座った。

「私ね……」

「うん」

「暗くなった世界を旅していたの」

「うん」

「それで、あなたのおじいちゃんと、おばあちゃんに会ったのよ」

「ああ、やばいな。そういう話はやばいよ。やっぱり、向こうに行きかけていたんだね。よかった、生還してくれて」

「ちっともやばくないわよ。会えて嬉しかったもの」

「そう」

「私、お店から金柑のシロップ漬けを持ち出してね。おじいちゃんとおばあちゃんに飲ませてあげたの」

芳枝の一人語りを健太郎は横で黙って聞いていた。芳枝はどこでなにが起きたのか、順を追って語った。

健太郎は「へー」と感じ入った声を出したあとで、「お母さん、知っている?」とつぶやいた。

「なにを？」

「お母さんのその物語に出てくる、その豹さんのことだけど」

「うん」

「亡くなったって、ニュースで」

「え？　いつ？」

「お母さんが意識を失っている間だよ」

「そう……」

芳枝は黙りこんだ。健太郎も口を閉じた。ただカーテンの揺れる音だけがそばにあった。

「私、パソコンで、豹さんと……」

「うん。パソコンはどこにあるのかな？」

健太郎が立ち上がり、病室のなかをうろうろした。

「お母さんの持ち物、これだけだから」

ベッドの下から、健太郎がデイパックを取り出した。「ああ！」と芳枝は声をあげた。

太陽を探す旅で、ずっと背負い続けたあのデイパックだった。

「それ、こっちにちょうだい」

健太郎が芳枝の脇にデイパックを置いた。芳枝は手に取った。軽い。なにも入っていない。

「私、これに金柑のシロップ漬けを入れてね。暗い世界を……」

芳枝はファスナーを引いて、デイパックのなかに手を入れた。指先になにかが触った。紙のようだった。芳枝はそれを取り出した。

一枚の紙に、ひらがなが躍っている。

『かざんのしまがふんかしました。とうみんはみんな、ひなんしました。ぼくは、どうしたらいいだろうとかんがえました。でも、わかりませんでした』

あら、これは……。

健太郎が小さい頃に書いてくれた手紙だとすぐにわかった。いったい、何十年も前の手紙がなぜここにあるのだろう。芳枝はその下に書かれた自らの文字を目で追った。

『ほんとうですね。でもきっと、かざんのしまにも、みんながくらせるときがもどってきます。もうだめだとおもっても、こころのたいようはかならずのぼります。どこにいたって、たいようはあたらしくうまれます。けんちゃん、やさしいきもちをありがとう。ひとはなんどもこころのなかで、みずからたいようをうむのです』

芳枝は窓辺に顔を向け、目をつぶった。

そうか。私、書いていたんだ。

言葉にしていたんだ。
だから……。
まぶたの向こうに陽光があった。
だが、そこで思った。
このデイパックは物語のなかで出現させたものだった。なぜ、病室にあるのか？
芳枝は目を開けた。
病室にはだれもいなかった。
……健ちゃん……
息子の名を呼ぶことはできなかった。ただ、芳枝の口だけがぱくぱくと動いた。
カーテンが揺れている。
病室がきらめいている。
光の玉が芳枝を包む。
ああ、私、まだ物語のなかにいたんだ。
意識が朧げになっていくなか、それでも芳枝は自分の芯を失わなかった。
私は、生きているの？
芳枝は繰り返し、自らに問うた。

気のせいか、金柑の匂いがした。

ボートに乗ったたくさんの子どもたちの顔が浮かんだ。

あの子たち、また生まれてくるんだ。

ここで果てるわけにはいかないと思った。

店をもう一度開けよう。

金柑の実をシロップ漬けにしよう。

青梅も、バナナも、イチゴも、ハッサクも、色とりどりの果実を漬けよう。そして、あらゆる子どもたちに、味わってもらおう。

カーテン越しの青空を、芳枝はじっと見つめた。岩場に腰かけ、太陽に手を振っていたたくさんの子どもたちの姿が再びまぶたに浮かんだ。

あの男の子がまたこちらを振り向いた。笑いながら、横の友だちの肩を叩いた。その子もまたこちらを向いた。

幼い頃の健太郎だった。「お母さん!」と元気よく手を振ってきた。

本書は書き下ろし作品です。

ドリアン助川

［どりあん・すけがわ］

1962年、東京生まれ。詩人、作家、歌手。明治学院大学国際学部教授。早稲田大学第一文学部哲学科を卒業後、1990年にバンド「叫ぶ詩人の会」を結成。解散後、執筆活動を開始。2013年出版の小説『あん』（ポプラ社）は映画化に加え、フランス、ドイツ、イタリア、イギリス、ルーマニア、レバノン、ロシア、中国、台湾など海外23言語で翻訳出版、フランスの「DOMITYS文学賞」「読者による文庫本大賞」など四冠に輝く。『線量計と奥の細道』（集英社、日本エッセイスト・クラブ賞受賞）、『新宿の猫』（ポプラ社）、『水辺のブッダ』（小学館）、『動物哲学物語　確かなリスの不確かさ』（集英社インターナショナル）など著書多数。

太陽を掘り起こせ

ドリアン助川

2024年3月11日 第1刷発行

発行者 加藤裕樹
編 集 野村浩介
発行所 株式会社ポプラ社
〒141-8210 東京都品川区西五反田3-5-8 JR目黒MARCビル12階
一般書ホームページ www.webasta.jp
印刷・製本 中央精版印刷株式会社

N.D.C.913/206p/20cm ISBN978-4-591-18129-4

P8008451